Diogenes Taschenbuch 20203

Molière

Der Menschenfeind
Die erzwungene Heirat
Die gelehrten Frauen

Drei Komödien

Neu übertragen von

Hans Weigel

Diogenes

›Der Menschenfeind‹ und ›Die gelehrten Frauen‹
in der Neuübertragung von Hans Weigel erschienen 1965 als
Einzelausgaben im Diogenes Verlag; die Neuübertragung der
›Erzwungenen Heirat‹ liegt hier erstmals in Buchform vor.
Der Buchschmuck ist der ersten Gesamtausgabe
der Werke Molières, Paris 1682, entnommen.

Veröffentlicht als Diogenes Klassiker, 1982

60/82/8/1
ISBN 3 257 20203 2

Inhalt

Der Menschenfeind

(Le Misanthrope)

Komödie in fünf Akten

LE MISANTROPE

Personen

ALCESTE
PHILINTE, sein Freund
ORONTE
CÉLIMÈNE
ELIANTE, Cousine der Célimène
ARSINOÉ, Freundin der Célimène
ACASTE }
CLITANDRE } Edelmänner
BASQUE, Diener der Célimène
WACHTMEISTER DES MARSCHALLAMTES
DU BOIS, Diener des Alceste

Die Handlung begibt sich in Paris, in einem Salon des Palais der Célimène.

Die vorliegende Fassung wurde gegenüber der Erstausgabe von 1965 wesentlich verändert.

H. W.

Erster Akt

Erste Szene

Philinte, Alceste

PHILINTE

Was haben Sie? Was gibt's?

ALCESTE

Man lasse mich allein!

PHILINTE

Wie können Sie so schroff, so übertrieben sein?

ALCESTE

So lassen Sie mich doch, begeben Sie sich fort!

PHILINTE

Was bringt Sie so in Wut – und gleich beim ersten Wort?

ALCESTE

Ich will mich nur noch ärgern und will nichts mehr vernehmen!

PHILINTE

Woher der jähe Zorn, das seltsame Benehmen?
Wenn wir auch Freunde sind, muß ich doch protestieren . . .

ALCESTE *brüsk aufstehend*

Ihr Freund? Das streichen Sie aus sämtlichen Papieren;
Wir beide taten so, als ob wir Freunde wären,
Doch was ich eben sah, das mußte mich belehren.
Drum sag' ich's rundheraus: Ihr Freund bin ich gewesen,

Ich wünsche keinen Umgang mit so verderbten Wesen!

PHILINTE

Wie? Finden Sie mich schuldig an Unheil, an Verderben?

ALCESTE

An Ihrer Stelle würd' ich vor Scham und Schande sterben;
Was Sie begangen haben, ist wahrhaft unverzeihlich,
Für jeden Mann von Ehre verwerflich und abscheulich:
Ich seh' Sie einem Menschen mit Freundlichkeit begegnen,
Durch Ihre Gunstbeweise ihn adeln, förmlich segnen,
Ihm stürmisch Treue schwören und ihm Ihr Herz ergießen,
Sich ihm zu Füßen legen, ihn in die Arme schließen,
Ich frage Sie danach, woher Sie ihn denn kennen,
Sie aber können mir kaum seinen Namen nennen,
Das Feuer ist erkaltet, sobald Sie von dem Mann gehn,
Mir gegenüber tun Sie, als würd' er Sie nichts angehn.
Mein Gott, wie ist es niedrig und feige und gemein,
So völlig ohne Rückgrat, so würdelos zu sein!
Geschäh' mir je im Leben ein solches Mißgeschick,
Ich würde mich erhängen – im nächsten Augenblick.

PHILINTE

Ich finde, daß ich nicht des Strickes würdig bin,
Erlassen Sie es mir, Ihr Urteil zu vollziehn,
Verzeihen Sie, wenn ich mich noch nicht zum Galgen dränge,
Wenn ich so frei bin und mich nicht sogleich erhänge.

ALCESTE

Das soll wohl witzig sein?! Ich weigere mich zu lachen.

PHILINTE

Dann also ganz im Ernst: Was kann, was soll ich machen?

ALCESTE

Man soll kein Lügner sein; dem Mann von Ehre frommt
Kein einziges Wort, das nicht aus seinem Herzen kommt.

PHILINTE

Den Gruß erwidert man, das ist bei uns so Brauch,
Wenn einer uns umarmt, umarmen wir ihn auch,
Wen soll ein Segenswunsch denn zum Protest verleiten?
Wer Freundlichkeiten sät, der erntet Freundlichkeiten.

ALCESTE

Nein, nie und nimmer kann ich die Manier entschuldigen,
Der heute weit und breit die Menschen alle huldigen;
Nichts hasse ich so sehr, nichts macht mich derart rasen
Wie alle die verbogenen, verlogenen öden Phrasen,
Umarmungen voll Feuer, die weiter nichts bedeuten,
Ergüsse echter Freundschaft mit unzähligen Leuten,
Die ewig gleichen Worte, die längst den Sinn verloren,
Dem großen Geist gewidmet und ebenso dem Toren.
Wo ist da Nutz und Frommen, daß einer mir erklärt,
Wie sehr er mich bewundert, mich liebt und schätzt und ehrt,
Was hab' ich von dem Lächeln, mit dem er auf mich blickt,
Wenn er die gleichen Blicke in jede Richtung schickt?!
Nein, nein, nur eine Seele, die Niedrigkeiten blenden,
Läßt sich in eurer Welt durch feile Ehren schänden,
Der echte Lobspruch kann doch nicht darin bestehen,
Daß alle mich mit allen in einer Reihe sehen.
Auf einen Vorzug muß sich hohe Schätzung gründen –
Die finden keinen herrlich, die alle herrlich finden.
Und da auch Sie dem Laster der bösen Zeit verfallen,
Muß ich mich auch von Ihnen entfernen wie von allen,
Muß ich die Huldigungen und Artigkeiten meiden,
Da Sie nicht zwischen Wert und Unwert unterscheiden;
Ich will nicht sein wie alle, mein Herr, ich warne Sie,
Denn aller Menschen Freund sein, war nie mein Ehrgeiz,
[nie!

PHILINTE

Ich leb' in dieser Welt und kann nicht unterlassen,
Mich ihren Umgangsformen und Bräuchen anzupassen.

ALCESTE

Nein, sag' ich, keiner darf den Schwatzhaften verzeihen,
Daß sie die großen Worte verraten und entweihen;
Ich bin ein Mensch, mich kann die Wahrheit nur beflügeln,
Was tief im Herzen ruht, soll sich in Worten spiegeln,
Sich frei und rein und klar im Zwiegespräch enthüllen,
Kein schnödes Kompliment verdecke, was wir fühlen!

PHILINTE

Doch Wahrheitsliebe wird mitunter sicherlich
Nicht eben ratsam sein und manchmal lächerlich,
Recht häufig bleibt auch das, was man im Herzen fühlt –
Verzeiht, gestrenger Herr! – mit gutem Grund verhüllt;
Wär's klug und angebracht, daß man der ganzen Welt
Verkündet, wie sie ist und was man von ihr hält?
Den einen lehnt man ab, den andern mag man nicht,
Sagt man das beiden drum unfehlbar ins Gesicht?

ALCESTE

Jawohl!

PHILINTE

Wie, würden Sie der Emilie wohl sagen,
Sie sei zu alt, um das, was sie noch trägt, zu tragen,
Daß jeder drüber lacht, wie sie sich färbt und schminkt?

ALCESTE

Gewiß!

PHILINTE

Und Dorilas, daß es zum Himmel stinkt,
Wie er den ganzen Hof bis zur Verzweiflung bringt,
Wenn er von früh bis spät sein eigenes Loblied singt?

ALCESTE

Natürlich!

PHILINTE

Nicht im Ernst?!

ALCESTE

Ich pflege nicht zu spaßen;
Ich würde alle Welt die Wahrheit wissen lassen.
Die Augen schmerzen mich; bei Hof und in der Stadt
Hab' ich zuviel gesehen, das mich erbittert hat:
Mein Sinn verdüstert sich, mich faßt ein böses Weh,
Wenn ich die Menschen so in Lüge leben seh'!
Ich finde überall nur Feigheit, Schmeichelei,
Verrat und Eigennutz, Betrug und Heuchelei,
Ich halt's nicht länger aus – ich rase – und ich will
Die ganze Menschenwelt zerstören mit Stumpf und Stiel.

PHILINTE

Sie sind ein Philosoph, doch reizt mich Ihr System
Zum Lachen, denn es ist zu grausam, zu extrem,
Die Szene, die wir spielen, kommt mir so vor, als wäre
Sie aus dem Stück »Die Schule der Männer« von Molière,
Wo . . .

ALCESTE

Alberner Vergleich – ich weiß nicht, was er soll!

PHILINTE

Nun, Spaß beiseite, Schluß mit allem Trotz und Groll,
Denn Ihrem Groll zum Trotz: die Welt bleibt, wie sie ist,
Und wenn Verlogenheit Sie wirklich so verdrießt,
Dann will ich ehrlich sein und sage Ihnen nur:
Sie werden durch Ihr Leiden zur komischen Figur,
Wo immer man Sie sieht – Ihr Wüten ohne Maß
Macht leider dieser Welt nicht Eindruck, sondern Spaß.

ALCESTE

Nur zu, nur immer zu, das will ich ja erreichen,
Das freut mich ungemein, das ist ein gutes Zeichen,
Die Menschen sind mir ja so abgrundtief verhaßt,
Daß mir ein anderer Ruf in ihrem Reich nicht paßt.

PHILINTE

Das menschliche Geschlecht ist so verdammenswert?

ALCESTE

Ich schwor ihm Feindschaft zu, hab' ihm den Krieg erklärt.

PHILINTE

Und wär' der Kampf so hart, daß er das einbezieht,
Was immer sterblich ist, ganz ohne Unterschied?
In unserem Jahrhundert, ob's Ihnen auch mißfalle . . .

ALCESTE

Nein, ohne Unterschied, ich hasse alle, alle,
Die einen, weil sie böse und böser Taten schuldig,
Die anderen, weil sie milde, verzeihend und geduldig,
Nicht in gerechtem Unmut, erbittert und ergrimmt,
Die Bösen derart hassen, wie's wahrer Tugend ziemt,
Die Schwäche wird Verbrechen; das exemplifiziere

Ich an dem Haderlumpen, mit dem ich prozessiere,
Denn hinter seiner Maske erkennt man den Verräter,
Man weiß es allenthalben: er ist ein Übeltäter,
Sein holder Augenaufschlag, sein zaghaftes Benehmen
Wären täuschend nur für jene, die aus dem Ausland kämen,
Man weiß es: dieser Schurke – die Pest soll ihn vernichten! –
Verdankt seine Karriere den schmutzigsten Geschichten,
Die solcherart erworbene gehobene Position
Macht das Verdienst erröten, spricht wahrer Tugend Hohn.
Mit welchen bösen Namen man ihn auch flüsternd nennt,
Laut nennt ihn keiner den, als den ihn jeder kennt!
Sagt man ganz leise Unhold, Lump, Schelm, Verbrecher, Schuft,
Dann findet sich nicht einer, der uns zur Ordnung ruft,
Und doch ist seine Fratze beliebt und gern gesehn,
Man heißt ihn froh willkommen, man lächelt, tut ihm schön ...
Ist irgendwo durch Ränke ein Posten zu erschleichen,
Wird er vor jedem Edlen das hohe Ziel erreichen.
Zum Henker, diese feige und schonende Methode
Dem Laster gegenüber schlägt Wunden, führt zum Tode,
Oft faßt mich jäh die Sehnsucht, mich all dem zu entziehen,
Ich möchte vor der Menschheit in eine Wüste fliehen.

PHILINTE

Ach Gott, so ist die Zeit und so sind ihre Sitten,
Die menschliche Natur muß stets um Nachsicht bitten;
Wer sie erbarmungslos verwirft, der kennt sie nicht,
Man muß sie liebend sehen, in einem milden Licht.
Verzeihen und Verstehen wird große Geister adeln,
Ein unbeugsamer Sinn ist manchesmal zu tadeln,
Die wahrhafte Vernunft wird das Extreme lassen,
Um der Gegebenheit sich nüchtern anzupassen.
Das strenge Ideal der guten alten Zeiten
Verursacht heutzutage mit Recht nur Schwierigkeiten,
Es will, was menschlich ist, bei keinem Menschen leiden,
Sucht die Vollkommenheit, anstatt sich zu bescheiden;
Der allergrößte Narr ist der, der sich vermißt,
Die Menschheit zu verändern. Sie bleibt stets, wie sie ist.

Ich sehe, ganz wie Sie, tagtäglich viele Dinge
Und fänd' es wünschenswert, daß manches anders ginge,
Ich könnte, ganz wie Sie, auf Schritt und Tritt ergrimmen,
Doch will mich, was ich seh', nicht reizen, nicht verstimmen;
Ich lasse kühl und still den Dingen ihren Lauf,
Und meine Seele nimmt das Menschenwerk in Kauf.
Nun, welche Haltung zeigt wohl mehr Philosophie,
Mein Phlegma, Ihr Geschrei? Mein Freund, ich frage Sie.

ALCESTE

Ihr Phlegma, werter Herr, das Sie beredt verteidigen,
Ist nichts, ist wirklich nichts imstand', es zu beleidigen?
Wenn Sie ein guter Freund verrät und hintergeht,
Wenn man Ihr Hab und Gut nicht Ihnen zugesteht,
Wenn einer über Sie Verleumdungen erzählt,
Hat derlei Sie noch nie geplagt, erzürnt, gequält?

PHILINTE

Ich sehe alles das, wovon Sie mir da sprechen,
Als ganz natürlich an, als menschliches Gebrechen,
Und es erweckt nicht mehr Protest in meinem Geist,
Wenn sich ein Mensch als schnöd, gemein, verderbt erweist,
Als wenn ein Affe tückisch und voll von Bosheit ist,
Der Geier sich sein Aas holt, der Wolf das Böcklein frißt.

ALCESTE

So darf man mich verraten, verunglimpfen, berauben,
Und ich, ich sollte nicht ... genug, ich kann's nicht glauben!
Nein, Ihre Argumente sind ohne Hand und Fuß!

PHILINTE

Ganz recht so, machen Sie mit Ihren Reden Schluß,
Beschimpfungen und Flüche soll man sich füglich sparen.
Bekümmern Sie sich künftig mehr um Ihr Rechtsverfahren.

ALCESTE

Das kümmert mich nicht mehr. Ich hab' mein Wort gesagt.

PHILINTE

Und wer spricht bei den Richtern für den, den man verklagt?

ALCESTE

Die Sache ist gerecht – sie nehme ihren Lauf.

PHILINTE
Sie suchen keinen Richter und keinen Anwalt auf?

ALCESTE
Warum? Ist denn die Causa kein völlig klarer Fall?

PHILINTE
Sie scheint es, doch Intrigen gedeihen überall
Und . . .

ALCESTE
Nein, ich bin entschlossen, ich traue dem Gericht
Und rühre keinen Finger.

PHILINTE
Das tät' ich lieber nicht.

ALCESTE
Ich mache keinen Schritt.

PHILINTE
Der Feind ist einflußreich,
Wenn er durch Winkelzüge versucht . . .

ALCESTE
Das ist mir gleich.

PHILINTE
Sie werden überrascht sein.

ALCESTE
Das will ich gern riskieren.

PHILINTE
Und . . .

ALCESTE
Und mit größter Freude dann den Prozeß verlieren.

PHILINTE
Doch schließlich . . .

ALCESTE
. . . schließlich will ich nun endlich einmal sehen,
Wie weit die Menschen heute in ihrer Frechheit gehen,
Ob sie so unverschämt, so abgefeimt betrügen,
Um mir vor aller Augen ein Unrecht zuzufügen.

PHILINTE
Was für ein Mensch!

ALCESTE

Wenn ich Exempel statuiere,
Kommt es mir nicht drauf an, was ich dabei verliere.

PHILINTE

Tun Sie den Standpunkt nie vor anderen Leuten kund!
Die lachen sich ja krank, und das mit gutem Grund.

ALCESTE

Wer lacht, entehrt sich selbst.

PHILINTE

Doch Ihre Gründlichkeit,
Die Unnachsichtigkeit und die Empfindlichkeit,
Die starre Rechtlichkeit, in die Sie sich verschließen,
Wohin geraten die, wenn Sie Ihr Herz ergießen?
Verwundert merke ich, daß Sie, der, wie mir scheint,
Zerfallen mit der Welt ist, und aller Menschen Feind,
In eben dieser Welt, die Sie nur hassen können,
Von einem Exemplar den Blick nicht lassen können;
Und doppelt staunenswert und seltsam scheint dabei
Die Auswahl des Objekts für Ihre Schwärmerei.
Die gute Eliante ist Ihnen zugetan,
Arsinoé, sonst streng, sieht Sie so schmachtend an,
Ihr Herz jedoch entzieht sich diesen Liebesblicken
Und läßt sich willenlos von Célimène bestricken,
Die durch Koketterie und Klatschsucht ohne Maßen
Zum Wesen jener Art wird, die Sie, mein Freund, so hassen;
Wie kann der Geist der Zeit Sie aufrichtig entsetzen,
Wenn Sie ihn andererseits bei dieser Schönen schätzen?
Was sonst ein Mangel ist, kann doch kein Vorzug sein!
Ist's Blindheit? Wären Sie imstande zu verzeih'n?

ALCESTE

O nein! Was mich an sie, die schöne Witwe, bindet,
Bewirkt nicht, daß mein Blick für Tatsachen erblindet,
Ich kann auch ganz gewiß – steht selbst mein Herz in Flammen –
Das, was ein Mangel ist, erkennen und verdammen;
Doch muß ich eingestehen, was ich nicht lassen kann
Und was wohl Schwäche ist: sie hat's mir angetan;

Wenn ich auch Fehler sah und böse Reden hörte,
Hab' ich sie trotzdem lieb, die holde Hassenswerte:
Ihr Zauber triumphiert, mein Umgang wird der Schönen
Die Laster dieser Zeit, so hoff' ich, abgewöhnen.

PHILINTE

Hut ab vor Ihrer Kunst, wenn Ihnen das gelingt;
Wird Ihre Liebe denn erwidert?

ALCESTE

Unbedingt!
Ich kann nur lieben, wo ich auch Gegenliebe fühle.

PHILINTE

Wie paßt's zum Überschwang der zärtlichen Gefühle,
Daß Nebenbuhler stets bei Ihrer Dame weilen?

ALCESTE

Wer sich ganz schenkt, der will mit keinem andern teilen!
Ihr eben dieses Wort, das mir mein Herz eingibt,
Zu sagen, bin ich hier: Man teilt nicht, wenn man liebt.

PHILINTE

Wenn alles nur nach mir und meinen Wünschen ginge,
Dann wär's wohl Eliante, für die ich Feuer finge,
Sie ist so treu, so ehrlich und schätzt Sie ungemein,
Sie scheint mir just für Sie die bessere zu sein.

ALCESTE

Das stimmt, und die Vernunft sagt mir das Tag für Tag,
Doch sieht das Herz nicht ein, was die Vernunft gern mag.

PHILINTE

Ach, wäre nur das Herz in keinem Wahn befangen
Und nicht . . .

Zweite Szene

Oronte, Alceste, Philinte

ORONTE *zu Alceste*

Die Damen sind, so hör' ich, fortgegangen,

Cousine Eliante und Célimène mit ihr,
Doch da man mir gesagt hat, mein Bester, Sie seien hier,
Kam ich sehr gern herauf, begeistert, Sie zu sehen
Und Ihnen zu vertrauen, wie nahe Sie mir stehen,
Wie sehr es mich beglückt, Verehrter, Sie zu kennen,
Wie stürmisch es mich drängt, Sie meinen Freund zu nennen;
Mein Herz sucht wahre Größe, frohlockt, wo es sie findet,
Ich kann es kaum erwarten, daß Freundschaft uns verbindet.
Und daß Sie die Begegnung mit einem Mann von Rang
Wie mir, der Sie so hochschätzt, erfreut, ist mir nicht bang.

Alceste scheint, in Gedanken versunken, nicht recht zu hören, was Oronte zu ihm sagt.

Zu Ihnen rede ich – Sie müssen schon verzeihn.

ALCESTE

Zu mir?

ORONTE

Zu Ihnen! Sollte ich nicht willkommen sein?

ALCESTE

Doch, Herr Oronte, nur scheint es wahrhaftig staunenswert,
Daß diese Ehre mir so plötzlich widerfährt.

ORONTE

Zum Staunen ist kein Grund; ich schätze Sie zwar sehr,
Doch nur so wie ein jeder, der Sie gut kennt – nicht mehr.

ALCESTE

Mein Herr . . .

ORONTE

Wohin man auch in unserem Königreich kommt,
Entdeckt man keinen Geist, der Ihrem Geiste gleichkommt.

ALCESTE

Mein Herr . . .

ORONTE

Für meinen Teil muß ich ganz offen sagen,
Daß Sie die Größten selbst bedeutend überragen.

ALCESTE

Mein Herr . . .

ORONTE

Der Himmel soll mich strafen, wenn das Scherz ist.
Und als Beweis dafür, wie ehrlich mir ums Herz ist,
Will ich Sie nun umarmen, wenn Sie es mir gestatten,
Und will der beste Freund sein, den Sie im Leben hatten,
Und dieser unser Handschlag besiegle feierlich
Den schönen Bund!

ALCESTE

Mein Herr . . .

ORONTE

Wie? Was? Sie weigern sich?

ALCESTE

Mein Herr, Ihr Vorschlag ist für mich zuviel der Ehr';
Die Freundschaft scheint mir heilig, kommt nicht von ungefähr,
Gebraucht man hohe Worte vermessen jederzeit,
Sind sie in meinen Augen verwässert und entweiht.
Man darf nicht blind und wahllos in eine Freundschaft rennen,
Man muß einander suchen, einander lange kennen,
Vielleicht sind wir im Grunde des Wesens sehr verschieden,
Wären mit dem jähen Schritt in Kürze unzufrieden.

ORONTE

Das nenn' ich wohlgesprochen, Sie sind ein kluger Mann,
Den ich ob solcher Umsicht nur doppelt schätzen kann,
Vertrauen wir denn also voll Zuversicht der Zeit,
Doch: was ich bin, sei Ihnen im voraus schon geweiht.
Gern will ich mich verwenden bei unserem Herrn und König –
Bekanntlich gilt mein Rat bei Hofe gar nicht wenig –
Man hört auf meine Worte, man achtet meine Meinung,
Und immer wieder tritt mein Ansehen in Erscheinung . . .
Kurzum: ich stehe Ihnen zu Dienst in jedem Sinn,
Und da ich Ihnen ehrlich und treu ergeben bin,
Leg' ich hiemit den Grundstein zu unserem Freundschaftsbund,
Tu' Ihnen ein Sonett – ich schrieb es eben – kund,
Sie sollen mich beraten, ob ich es drucken lasse.

ALCESTE

Das ist ein Amt, mein Herr, für das ich nicht recht passe.
Ersparen Sie es mir.

ORONTE

Warum?

ALCESTE

Ich bin so ehrlich,
Wie man nur immer sein kann, das wäre wohl gefährlich.

ORONTE

Nein, nein, ich bitte Sie, ich würde mich beklagen,
Wenn Sie mir Ihre Meinung nicht ohne Rückhalt sagen.
Ich bitte um Kritik, ganz ungeschminkt und echt.

ALCESTE

Wenn das Ihr Wille ist, mein Herr, dann ist's mir recht.

ORONTE

»Sonett« – 's ist ein Sonett – »Die Hoffnung« – eine Schöne
Entlockte meiner Feder so schmachtend süße Töne.
»Die Hoffnung« – große Dichtung ist das natürlich nicht,
Nur ein paar Verse, zärtlich, galant, verliebt und schlicht.
Bei jeder Unterbrechung hat er Alceste angesehen.

ALCESTE

Wir werden sie ja hören.

ORONTE

»Die Hoffnung« – und der Stil
Erscheint Ihnen vielleicht verstiegen, nicht subtil,
Sie werden auch die Wortwahl vermutlich tadeln müssen.

ALCESTE

Wir werden hören, mein Herr.

ORONTE

Sie müssen nämlich wissen:
In einer Viertelstunde verfaßt' ich das Gedicht.

ALCESTE

Ich bin ganz Ohr, mein Herr, die Zeit entscheidet nicht.

ORONTE

Die Hoffnung läßt Traumbilder lachen,
Zeigt Bittres in Süße gehüllt,

Doch, Philis, welch trübes Erwachen,
Wenn nie sie die Wünsche erfüllt.

PHILINTE

Von dieser ersten Strophe bin ich schon ganz entzückt.

ALCESTE *leise*

Wenn Ihnen das gefällt, mein Herr, sind Sie verrückt.

ORONTE

Du tatest viel Hoffnung mir spenden,
Doch weniger wäre da mehr,
Drum gib, statt sie so zu verschwenden,
Nicht sie mehr, gib mehr, viel mehr her.

PHILINTE

Ach, wirklich ganz süperb, graziös und elegant!

ALCESTE *leise*

Wenn Ihnen das gefällt, sind Sie ein Ignorant.

ORONTE

Es blieb' nach unendlichem Hoffen
Die Lieb' ja zutodegetroffen,
Das Grab winkte bald ihr wie mir –
Was nützt mir, nützt dir dann das Trauern?
Schön Philis, laß Hoffnung nicht dauern,
Viel Hoffnung macht hoffnungslos schier.

PHILINTE

Der Schluß ist zauberhaft, besonders wohlgeraten.

ALCESTE *leise*

Fahr ab mit deinem Schluß, verdammter Teufelsbraten,
Ich wünsche dir als Schluß, daß dich die Pest zerstört.

PHILINTE

So schöne Verse hab' ich schon lange nicht gehört.

ALCESTE *leise*

Daß dich . . .

ORONTE

Sie schmeicheln mir und denken vielleicht später . . .

PHILINTE

Ich schmeichle keineswegs.

ALCESTE *leise*

Ja, was denn sonst, Verräter?

ORONTE *zu Alceste*

Und Sie, mein Freund – nicht wahr, wir schlossen einen Pakt?
Ihr Urteil, bitte, klar und deutlich und exakt!

ALCESTE

Mein Herr, die Sache ist nicht eben leicht für mich,
Denn jeder Schöngeist hört gern Gutes über sich;
Doch: einmal sagte ich – ich nenne keinen Namen –
Als Verse des Herrn X mir vor die Augen kamen:
Dem Mann, der auf sich hält, muß wohl das Kunststück glücken,
Den Drang zur Poesie mit Macht zu unterdrücken,
Gelingt es nicht, dann soll er die Lust zumindest zügeln,
Uns Strophen mitzuteilen, die sein Gemüt beflügeln,
Denn sonst läuft er Gefahr, indem er Herzenssachen
In alle Welt posaunt, sich lächerlich zu machen.

ORONTE

Bedeutet das vielleicht, ich hätte mein Gedicht,
Ganz so wie Ihr Herr X . . .

ALCESTE

Nein, nein, das sag' ich nicht,
Doch sagte ich Herrn X, daß matte Verse schmerzen,
Geeignet sind, den Mann, der dichtet, anzuschwärzen,
Die besten Eigenschaften bewahren ihn davor nicht,
Die eine Schwäche steht den Tugenden im Licht.

ORONTE

Was Sie Herrn X da sagten, gilt auch für mein Sonett?

ALCESTE

Nein, nein, das sag' ich nicht; i h n warnte ich beredt
Vor seiner Schreiberei, denn solcher Musendienst
Bringt heute meistenteils nur Hohn und nicht Gewinst.

ORONTE

So schreib' ich also schlecht? So gilt das auch für mich?

ALCESTE

Nein, nein, das sag' ich nicht; ihm aber sagte ich:
Muß man denn unbedingt gereimtes Zeug verfassen

Und es zum Überfluß dann auch noch drucken lassen?
Ein miserables Buch kann man zur Not vergeben,
Wenn's von den Ärmsten stammt, die schreiben, um zu leben.
Doch Sie, verhalten Sie den ungestümen Drang,
Verbergen Sie der Welt den dichterischen Hang,
Sonst laufen Sie Gefahr, sonst wird mir angst und bang,
Bei Hof und nicht nur dort um Ihren hohen Rang,
Bald gelten Sie als Stümper der Versliteratur
Bei geldgierigen Druckern, und nicht bei ihnen nur. –
So habe ich Herrn X den Kopf zurechtgesetzt.

ORONTE

Das war ganz recht getan; doch können Sie mir jetzt
Nicht endlich anvertrauen, wie Sie mein Opus finden?

ALCESTE

Sie lassen's, mit Verlaub, am besten gleich verschwinden;
Das Vorbild, das Sie wählten, war leider falsch gewählt,
Die Sprache ist gezwungen, die Bilder sind gequält,
Was heißt denn das: »zeigt Bittres in Süße gehüllt«?
Und wie klingt das: »wenn nie sie die Wünsche erfüllt«?
Ja, weniger wäre da mehr!
Und »sie mehr, gib mehr, viel mehr her«,
Und »Hoffnung macht hoffnungslos schier«,
»Das Grab winkt« – winkt! – »bald ihr wie mir«!
Das alles ist geschwollen, gesucht und überladen,
Klingt plump und unglaubwürdig, die Wirkung kommt zu Schaden
Sie spielen mit den Worten zu keinem hohen Zwecke,
Geziert, gespreizt, gekünstelt – der Sinn bleibt auf der Strecke.
Sie huldigen der Mode, und ich bin ihr Verächter,
Die Väter waren simpler, doch wahrer, klarer, rechter,
Und besser als fast alles, was man heut hört und sieht,
Gefällt mir dieses kleine geliebte alte Lied:

> Wenn mir der König schenken wollt'
> Die große Stadt Paris,
> Von mir dafür verlangen sollt',
> Daß ich die Liebste ließ',
> Dann sag' ich: Lieber König, nein,

Bei mir habt Ihr kein Glück,
Ich will bei meinem Mädel sein,
Nehmt Eure Stadt zurück.

Die Reime sind banal, der Stil ist recht veraltet,
Doch hören Sie, wie rein sich das Gefühl entfaltet,
Steht das nicht sicherer da, von viel mehr Kraft durchweht
Als unsere Poesie, die müd auf Stelzen geht:

Wenn mir der König schenken wollt'
Die große Stadt Paris,
Von mir dafür verlangen sollt',
Daß ich die Liebste ließ',
Dann sag' ich: Lieber König, nein,
Bei mir habt Ihr kein Glück,
Ich will bei meinem Mädel sein,
Nehmt Eure Stadt zurück.

So offenbart ein Mann, der wahrhaft liebt, sein Herz.
zu Philinte
Ja, lachen Sie nur zu – mich irritiert kein Scherz,
Ich bleib' dabei: für mich ist solch ein Lied ein Wunder,
Mehr wert als euer falscher und hoch gepriesener Plunder.

ORONTE
Und wenn ich mein Gedicht doch wohlgelungen finde ...

ALCESTE
Dann haben Sie dafür vermutlich gute Gründe,
Die lass' ich Ihnen gern, wenn Sie mir meine lassen,
Die nicht imstande sind, sich Ihnen anzupassen.

ORONTE
Warum lobt jeder andre, der's hörte, mein Gedicht?

ALCESTE
Weil jeder andre heuchelt, ich aber heuchle nicht.

ORONTE
Sind Sie so reich an Geist, um andere zu rügen?

ALCESTE
Ob reich, ob arm, mein Geist wird für den Zweck genügen.

ORONTE
Ihr Lob ist mir ganz gleich und kümmert mich mitnichten!

ALCESTE

Das trifft sich ja sehr gut – Sie müssen drauf verzichten.

ORONTE

Ich wünschte, daß Sie selbst solch ein Sonett probieren,
Nur wer es besser trifft, darf andere kritisieren.

ALCESTE

Ich könnt' mit knapper Not ein gleiches produzieren,
Doch ging' ich damit nicht vor aller Welt hausieren.

ORONTE

Sie sind recht rücksichtslos, Sie sind sehr unbescheiden.

ALCESTE

Wer Weihrauch sucht, der soll den Umgang mit mir meiden!

ORONTE

Oho, mein lieber Kleiner, Sie brechen sich den Hals!

ALCESTE

Wieso, mein lieber Großer, noch leb' ich jedenfalls!

PHILINTE *vermittelnd*

Genug, verehrte Herren – um alles in der Welt!

ORONTE

Ja, ja, ich war zu heftig und räume nun das Feld.
Ihr Diener, meine Werten, verzeihen Sie, ich muß gehen!

ALCESTE

Mein bester Herr, Ihr Diener, auf frohes Wiedersehen!

Dritte Szene

Philinte, Alceste

PHILINTE

Und wieder einmal sieht man, wohin das führen muß,
Wenn einer ehrlich sein will: zu Hader und Verdruß,
War es nicht klar? – er wollte gelobt, gepriesen sein . . .

ALCESTE

Kein Wort mehr!

PHILINTE

Und nun geht er ...

ALCESTE

Man lasse mich allein!

PHILINTE

Das ist doch ...

ALCESTE

Fort mit Ihnen!

PHILINTE

Doch wenn ...

ALCESTE

Nur still! Nur still!

PHILINTE

Jedoch ...

ALCESTE

Nicht eine Silbe!

PHILINTE

Jedoch ...

ALCESTE

Nur fort!

PHILINTE

Ich will ...

ALCESTE

Ich gehe und ich wünsche, daß niemand *mich* begleite!

PHILINTE

Verkennen Sie mich nicht – ich bleib' an Ihrer Seite!

Zweiter Akt

Erste Szene

Alceste, Célimène

ALCESTE
Ich bin – wenn ich mich offen und ehrlich äußern kann –
Ich bin von Ihrem Wandel nicht eben angetan;
Zu oft hat ihm mein Ärger, mein tiefer Schmerz gegolten,
So daß ich deutlich fühle, daß wir uns trennen sollten.
Ja, jede andere Rede wär' schiere Heuchelei,
Denn früher oder später ist's ganz gewiß vorbei;
Wenn ich auch immer wieder geneigt zum Bleiben bin,
Der Tag kommt, der mich zwingt, die Konsequenz zu zieh'n.

CÉLIMÈNE
Sie wollten mich – ich merk' es – nur in mein Haus begleiten,
Um endlich wieder einmal, wie schon so oft, zu streiten.

ALCESTE
Nicht streiten, meine Dame; nur fördert Ihr Betragen
Die Kühnheit allzu vieler, die allzu vieles wagen;
Verehrer gehen bei Ihnen so zahlreich aus und ein,
Mein Herz wird auf die Dauer dem nicht gewachsen sein.

CÉLIMÈNE
Daß Männer für mich schwärmen, ist Ihnen nicht genehm?
Wie sollt' ich das verbieten? Sie täten's ja trotzdem.
Sie suchen meine Nähe mit Freude und Behagen,
Soll ich sie mit der Peitsche aus diesem Haus verjagen?

ALCESTE
Die Peitsche, meine Dame, wird Ihnen wenig frommen,
Sie dürften nur den Herren nicht so entgegenkommen!
Ja: überall und immer folgt Ihnen jeder Blick,
Doch: wer da blickt, dem lohnt es Ihr Auge mit Geschick,
Daß er in ihm geheime Verheißungen entdeckt

Und bald vor soviel Liebreiz besiegt die Waffen streckt.
Sie machen jedem Hoffnung, ziehen jeden magisch an,
Längst ist ein ganzer Schwarm in Ihrem Zauberbann
Und würde sich verlaufen, alsbald in nichts vergehen,
Könnt' man Sie kühl und spröde, statt so gefällig, sehen.
Verraten Sie mir eines, um alles in der Welt,
Wie geht es zu, daß Ihnen Clitandre wohlgefällt,
Welch unerhörter Menge von Tugenden und Gaben
Dankt er es, daß Sie ihn ins Herz geschlossen haben?
Er schneidet sich den Nagel am kleinen Finger nie,
Vermutet oder weiß er vielleicht: das schätzen Sie?
Die gelbliche Perücke begeistert groß und klein,
Sie stimmen hingerissen in diese Hymnen ein?
Was hat er denn an sich, das Sie so sehr entzückt?
Ist es die Flut von Spitzen, die Ihren Sinn berückt,
Die Fülle bunter Bänder, mit denen er sich schmückt,
Sind Sie nach seinen Stiefeln vom neuesten Schnitt verrückt?
Sollt' er am Ende gar durch melodiöses Kichern,
Durch seine Fistelstimme sich Ihrer Gunst versichern?

CÉLIMÈNE

Sie haben mich schon wieder ganz ohne Grund verdächtigt;
Zum Umgang mit dem Menschen halt' ich mich für berechtigt,
Weil er durch seine Freunde für mich vor dem Gericht
Viel tun kann und auch tun wird – das wissen Sie wohl nicht.

ALCESTE

Verlieren Sie den Prozeß! – Sie werden dran nicht sterben –
Statt mir durch diesen Umgang die Laune zu verderben!

CÉLIMÈNE

Sind Sie denn eifersüchtig auf jeden Mann der Welt?

ALCESTE

Auf jeden, der Sie ansieht und Ihnen wohlgefällt.

CÉLIMÈNE

Und kann Sie das denn nicht von Ihrem Argwohn heilen?
Sie sehen mich Sympathien an alle Welt verteilen
Und hätten eher Anlaß, sich von mir abzuwenden,
Würd' ich die Gunst nur einem und nicht so vielen spenden.

ALCESTE

Doch ich, ob dessen Eiferns Sie die Erzürnte spielen,
Was hab' ich mehr, Verehrte, als alle diese vielen?

CÉLIMÈNE

Das große Glück, zu wissen, mein lieber Freund: man liebt Sie.

ALCESTE

Die Proben, die Beweise – wo sind sie und wer gibt sie?

CÉLIMÈNE

Nahm ich mir nicht die Mühe, es Ihnen zu erklären?
Ich denke nicht, daß neue Beweise nötig wären.

ALCESTE

Doch haben Sie vermutlich, von Ängsten nicht beschwert,
Das, was Sie mir erklärten, auch anderen erklärt.

CÉLIMÈNE

Sie singen da mein Loblied in sonderbarem Ton,
Sie sehen mich als falsche, als seltsame Person,
Drum löse ich das Band, auf daß Sie nichts mehr plagt,
Ich nehm' mein Wort zurück, als hätt ich's nicht gesagt.
Nun denn: mit Ihrem Wahn sind Sie allein geblieben;
Macht Sie das froh?

ALCESTE

Mein Gott! Warum muß ich Sie lieben?!
Geläng' es mir, mein Herz von Ihnen abzuwenden,
Dann würde ich zum Himmel froh Dankgebete senden,
Ich leugne es ja nicht, mit aller meiner Kraft
Bekämpf' ich das Gefühl, die Glut, die Leidenschaft,
Doch müh' ich mich vergebens – mein Herz muß sich entzünden –
Gott straft mich durch die Liebe für meine schweren Sünden.

CÉLIMÈNE

Ich muß gestehen: noch nie erlebt' ich solches Feuer.

ALCESTE

Wann liebte je ein Mann so heiß, so ungeheuer?!
Wann gab es eine Liebe, die meiner Liebe glich,
Wo liebte je ein Mann so grenzenlos wie ich?

CÉLIMÈNE

Und die Methoden, die Sie in Ihrer Liebe wählen,

Sind gleichfalls unerhört: Sie lieben, um zu quälen,
Der Sitz der Liebe scheint die Galle, nicht das Herz –
Wer liebte je wie Sie voll Zorn und Wut und Schmerz?

ALCESTE

Es hängt von Ihnen ab, daß diese Launen schwinden,
Wir müssen dazu nur aus diesem Wirrwarr finden,
In offenem Gespräch sei dieser Weg beschritten ...

Zweite Szene

Célimène, Alceste, Basque

CÉLIMÈNE

Was gibt es?

BASQUE

Herr Acaste.

CÉLIMÈNE

Acaste – ich lasse bitten.

ALCESTE

Wie? Kann man wirklich nie allein mit Ihnen reden?
Sie sehen die ganze Welt, empfangen einen jeden,
Kommt Ihnen denn bei keinem ein Vorwand in den Sinn?
Ich lasse jedem sagen, daß ich verhindert bin.

CÉLIMÈNE

Soll ich den guten Mann verstimmen und beleidigen?

ALCESTE

Die Rücksicht geht zu weit, das kann ich nicht verteidigen.

CÉLIMÈNE

Hat er den Eindruck, daß er mir nicht willkommen ist,
Weiß ich, daß er den Ärger im Leben nicht vergißt.

ALCESTE

Und wenn? Was macht das aus? Ich würde es verschmerzen.

CÉLIMÈNE

Mit Leuten dieser Art darf man sich's nicht verscherzen,
Wie sie es anstellen, kann ich zwar selbst nicht recht verstehen,

Doch wird man sie bei Hof mit jedem reden sehen,
Stets sind sie mit dabei, stehen überall in Gnaden,
Sie können nicht viel nützen, doch ungeheuer schaden,
Und hat man Unterstützung auf noch so vielen Seiten,
Mit diesen Wichtigtuern darf man sich nicht zerstreiten.

ALCESTE

Mag meine Warnung auch beredt und gut gemeint sein,
Sie werden dieser Welt doch weiterhin nicht feind sein,
Solange Ihre Vorsicht nichts zu entscheiden wagt ...

Dritte Szene

Basque, Alceste, Célimène

BASQUE

Nun kam auch Herr Clitandre.

ALCESTE

Was habe ich gesagt?!

Er will gehen.

CÉLIMÈNE

Wohin?

ALCESTE

Ich geh'.

CÉLIMÈNE

Sie bleiben.

ALCESTE

Wozu? Ich gehe weg.

CÉLIMÈNE

Sie bleiben.

ALCESTE

Nein.

CÉLIMÈNE

Ich will es.

ALCESTE

Das hat doch keinen Zweck.

Mich ekelt und mich langweilt das Plappern, kalt und leer,
Wenn ich es hören muß, gibt das für Sie und mich nichts her.

CÉLIMÈNE

Ich will es, will es, will es!

ALCESTE

Und wenn ich es nicht kann?

CÉLIMÈNE

Nun gut, dann gehen Sie eben – Sie sind ein freier Mann.

Vierte Szene

Eliante, Philinte, Acaste, Clitandre, Alceste, Célimène, Basque

ELIANTE

Die Herren ließen melden, daß sie zu dir herkämen.
Hier sind sie schon.

CÉLIMÈNE

Willkommen! Ich bitte, Platz zu nehmen.

zu Alceste

Sie gehen nicht?

ALCESTE

Noch nicht! Sie werden sich entscheiden,
Ihr Herz steht vor der Wahl: ich oder diese beiden.

CÉLIMÈNE

Sie schweigen!

ALCESTE

Reden Sie – ich warte auf Ihr Wort.

CÉLIMÈNE

Sie sind ja nicht bei Trost!

ALCESTE

Entscheiden Sie sofort!

CÉLIMÈNE

Oh!

ALCESTE

Treffen Sie die Wahl!

CÉLIMÈNE

Das ist ein schlechter Scherz!

ALCESTE

Gleich reißt mir die Geduld – befragen Sie Ihr Herz!

CLITANDRE

Ich komme aus dem Schloß, wo sich Cléonte heut' morgen
Kurios benommen hat; sein Zustand macht mir Sorgen.
Hat er denn keinen Freund, der ihm Besinnung predigt,
Ihm klarmacht, wie er sich durch sein Betragen schädigt?

CÉLIMÈNE

Ich fürchte, daß er sich um alle Geltung bringt,
Er hat etwas an sich, das in die Augen springt,
Wenn ich ihn eine Zeitlang aus meinem Blick verlor,
Wirkt er beim nächstenmal noch ärger als zuvor.

ACASTE

Da wir nun schon einmal von argen Leuten reden:
Damon, das Plappermaul, er übertrifft wohl jeden,
Ob Hitze oder Frost, den Kerl bringt nichts zum Schweigen,
Er ließ mich stundenlang nicht in die Sänfte steigen.

CÉLIMÈNE

Ja, ja, er ist beredt und in der Kunst beschlagen,
Mit Dutzenden von Sätzen doch nicht ein Wort zu sagen,
Wer Sinn und Inhalt sucht, den wird er bös enttäuschen,
Er plagt nur unsere Ohren mit häßlichen Geräuschen.

ELIANTE *zu Philinte*

Der Anfang ist nicht schlecht; hier zeigt ein edler Kreis,
Wie er die guten Freunde beredt zu rühmen weiß.

CLITANDRE

Timante ist sicherlich ein interessanter Mann.

CÉLIMÈNE

Er gibt mir Rätsel auf, die ich nicht lösen kann;
Er eilt verstört, verwirrt, am Rande seiner Kräfte,
Geschäftig hin und her und hat doch nie Geschäfte,
Zu all dem schneidet er die gräßlichsten Grimassen,
Und kann die Kriecherei und Devotion nicht lassen,
Diskret schleicht er herbei, bedeutenden Gesichts,

Als wüßt' er Gott weiß was, doch weiß er leider nichts,
Selbst das Alltäglichste wird etwas ganz Diskretes,
Er flüstert uns ins Ohr, die Hand vorm Mund: »Wie geht es?«

ACASTE

Géralde ...

CÉLIMÈNE

Mein Gott, Géralde, der fürchterliche Streber,
Sich-in-die-Höhe-Heber und Hofintrigen-Weber,
Noch keinen sah ich so nach edlem Umgang dürsten,
Er brüstet sich mit Prinzen und weidet sich an Fürsten,
Ihm steigt das blaue Blut zu Kopf, und das verwirrt ihn,
Nichts außer Roß und Wagen und Hunden interessiert ihn.
Die Höflichkeitsgebote vernahm er ohne Nutzen,
Man hört ihn ungeniert selbst Höchstgestellte duzen.

CLITANDRE

Man sieht ihn mit Bélise in letzter Zeit zumeist.

CÉLIMÈNE

Ach ja, das gute Ding, so arm an Witz und Geist!
Wenn wir beisammen sind, dann leid' ich wie ein Tier,
Zermartere mein Hirn: Was red' ich nur mit ihr?
Sie drückt sich simpel aus, ihr Wortschatz ist so klein,
Und jegliches Gespräch friert binnen kurzem ein,
Vergeblich müht man sich, ihm Feuer einzublasen,
Sie bleibt still, stumm und dumm sogar bei Alltagsphrasen,
Ja, nicht einmal das Wetter beflügelt die Gestaltung
Der allerprimitivsten, banalsten Unterhaltung.
Und doch dehnt sie Besuche – für mich ein wahrer Graus –
Aus Ungeschick und Blödheit so unerträglich aus,
Da gähnt man und da fragt man voll Ungeduld »Wie spät?«
Sie sitzt wie angewurzelt und steht nicht auf und geht.

ACASTE

Adraste ...

CÉLIMÈNE

Ach der! Sein Dünkel ist wirklich unerlaubt,
Kein Gott hat soviel Wissen, wie er zu haben glaubt;
Er fühlt sich allen Herren bei Hof so überlegen,

Und was dort auch geschehen mag, er schimpft und ist dagegen.
Man gibt ihm Ämter, Ehren, die allerhöchsten Weih'n,
Für ihn wird alles das noch viel zu wenig sein.

CLITANDRE

Cléon, der junge Herr, bei dem wir alles seh'n,
Was Rang und Namen hat – wie würdigen Sie den?

CÉLIMÈNE

Sein neuer Küchenchef, ein Künstler, kocht sublim,
Man geht zu seinem Tisch, man geht gar nicht zu ihm.

CLITANDRE

Ja, bei Cléon bekommt man vortrefflich aufgetischt.

CÉLIMÈNE

Doch stört es mich, daß er sich zu seinen Speisen mischt;
Ist seine Gegenwart das öde Hauptgericht,
Dann schmeckt mir in dem Haus das beste Essen nicht.

PHILINTE

Ganz anders wirkt auf mich sein Onkel, Herr Damis.
Was halten Sie von ihm?

CÉLIMÈNE

Ich achte ihn wie Sie.

PHILINTE

Er ist ein braver Mann und scheint auch sehr gescheit.

CÉLIMÈNE

Doch will er geistreich sein, und da tut er mir leid:
Er strengt sich redlich an, man merkt, wie er sich plagt,
Daß alles witzig wird, was er zu andern sagt;
Seitdem er sich entschloß, den Geist für sich zu pachten,
Hält er's für angebracht, fast alles zu verachten,
Er kritisiert so scharf, was jeder sagt und schreibt,
Daß alles untergeht und nichts bestehen bleibt,
Gelehrt sein, meint er, heißt: beständig nein zu sagen,
Und zuzustimmen bringt nur Dummköpfen Behagen;
Indem vor seinem Blick nichts Heutiges Bestand hat,
Drückt er, so meint er, aus, daß er, nur er, Verstand hat,
Will man ihn ins Gespräch ziehen, bevorzugt er das Schweigen,
Um nicht aus stolzer Höhe zu tief hinabzusteigen –

Und mit verschränkten Armen, von seinem Wolkenthron,
Lauscht er uns voll Erbarmen mit kaum verhehltem Hohn.

ACASTE

Ja, das ist sein Porträt, so wie er leibt und lebt.

CLITANDRE

Sie schaffen mit dem Wort, wonach der Maler strebt!

ALCESTE

Nur zu, ihr Kavaliere, so gut ein jeder kann!
Nur keine Schonung, Freunde, es kommt ein jeder dran;
Doch wird euch das nicht hindern, daß ihr ihm unverweilt,
Sobald ihr ihm begegnet, beglückt entgegeneilt,
Ihr küßt ihn und umarmt ihn, streckt ihm die Hände hin
Und sagt: »Seien Sie versichert, daß ich Ihr Diener bin!«

CLITANDRE

Was soll uns das, mein Herr? Wenn Sie schon Tadel spenden,
Dann müssen Sie sich wohl an diese Dame wenden.

ALCESTE

Nein, ich mein' euch, ihr Schmeichler, da ihr, indem ihr kichert,
Der bösen Zunge erst das rechte Echo sichert;
Sie wird zur Stichelei beständig aufgehetzt,
Da eure Niedertracht ihr zeigt, wie man das schätzt.
Hört auf, sie weiterhin beredt zu animieren,
Und ihr vergeht gewiß die Lust am Karikieren;
Sieht man die Unnatur sich lästerlich entfalten,
Soll man sich nur an euch, die Stichwortbringer halten.

PHILINTE

Ich kann es nicht verstehen, daß Sie jetzt die verteidigen,
Die Sie bekanntlich sonst verdammen und beleidigen.

CÉLIMÈNE

Er muß doch widersprechen – wie könnt' es anders sein?!
Stimmt er wohl jemals ein? Steht er nicht stets allein?
Ein jeder andre mag sich mit dem Strom bewegen,
Er nicht; was man auch sagt und tut, er ist dagegen.
Kann einer eine These auch einleuchtend begründen,
Ihm ist es gleich, er wird das Gegenteil verkünden,
Er fürchtet, daß er sich zu einem Dummkopf machte,

Wenn er Gedanken dächte, die schon ein andrer dachte.
Er ist auf Widerspruch so überaus erpicht,
Daß er sogar sich selbst sehr häufig widerspricht,
Und das, woran er glaubt, bekrittelt er empört,
Wenn er sein eigenes Wort aus fremdem Munde hört.

ALCESTE

Nur weiter, meine Dame, gestichelt und gehechelt,
Ein jedes Ihrer Worte wird beifällig belächelt.

CÉLIMÈNE

Ist's denn vielleicht nicht wahr, daß Sie sich stets ereifern,
Und alles, was man sagt, bekritteln und begeifern,
In unbeherrschtem Zorn laut rasen, wettern, toben,
Sowohl wenn andere tadeln als auch wenn andere loben?

ALCESTE

Zum Donnerwetter, ja! – denn Menschen sind nie ehrlich,
Und ein gesunder Zorn ist also unentbehrlich,
Ich weiß ja, wie sie sind im weiten Erdenrund:
Sie loben ohne Maß und tadeln ohne Grund.

CÉLIMÈNE

Doch ...

ALCESTE

Nein, verehrte Dame, und stürbe ich daran,
Ich sag', daß ich das Treiben nicht länger dulden kann,
Die Herren in diesem Kreis sind wahrhaft schlecht beraten,
Indem sie Sie ermuntern zu lasterhaften Taten.

CLITANDRE

Was mich betrifft: bisher war ich gewiß, auf Ehre,
Daß diese Dame frei von allen Lastern wäre.

ACASTE

Mir geht es ganz genau so; denn ich muß eingestehen,
Ich konnte keine Laster, nur große Reize sehen.

ALCESTE

Ich aber seh' in ihr, was sich mir nicht verbirgt,
Die Laster, denen alles in mir entgegenwirkt,
Man soll ja, wenn man liebt, nicht schmeicheln, nicht betrügen,
Die Liebe darf sich nicht mit Halbheiten begnügen.

Ich würde auf den Schwarm von Nachbetern verzichten,
Die sich ganz ohne Rückgrat nach meinen Launen richten
Und die mir würdelos und feig in jeder Lage
Nach Kräften Weihrauch spenden, was immer ich auch sage.

CÉLIMÈNE

Wer liebt, wird sich an Sie um Rat zu wenden haben,
Tu willig von sich ab des Herzens holde Gaben,
Das höchste Liebesglück erblicke er darin,
Den Menschen, den er liebt, tief in den Schmutz zu ziehn.

ELIANTE

Nein, so ist Liebe nicht; sie möchte stets erhöhen
Und ihren Gegenstand im schönsten Lichte sehen,
Kein tadelnswerter Zug wird ihren Blick verletzen,
Sie will begeistert sein, bewundern, rühmen, schätzen,
Den Fehler wird sie gern als Vorzug anerkennen
Und obendrein auch noch sehr schmeichelhaft benennen:
Die Fahle, Blasse ist schneeweiß, hell wie der Mond,
Die schwarze Hexe ist bezaubernd dunkelblond,
Die Dürre rank und schlank, ätherisch und poetisch,
Die Dicke voll erblüht, gesund und majestätisch,
Die Scheußliche, die nichts an Reizen offenbart,
Ist unkonventionell, interessant, apart,
Die Riesin göttergleich, ragt bis zum Wolkensaum,
Die Zwergin konzentriert den Reiz auf kleinstem Raum,
Die Hochmütige scheint von fürstlichem Geblüte,
Die Böse ist voll Geist, die Blöde ist voll Güte,
Die Plaudertasche ist in Stimmung früh und spät,
Die Stumme rührend schlicht, verschlossen und diskret . . .
Ein Herz in Flammen nimmt die Mängel nicht nur hin,
Es liebt sie gläubig mit – das ist der Liebe Sinn.

ALCESTE

Und ich . . .

CÉLIMÈNE

Wir wollen jetzt nicht weiter diskutieren
Und in der Galerie ein wenig promenieren.
Wie, meine Herren? Sie gehen doch nicht schon fort?

CLITANDRE und ACASTE

O nein!

ALCESTE

Die Angst vor einem Abschied bereitet Ihnen Pein –
Geht, wann es euch beliebt, ihr Herren, aber wisset,
Daß ich noch bleiben will, wenn ihr das Haus verließet.

ACASTE

Sofern ich unserer Dame nicht allzu lästig bin:
Ich hab' nichts anderes vor, muß heute nirgendhin.

CLITANDRE

Ich muß am späten Abend noch kurz bei Hof erscheinen,
Doch Anlaß fortzugehen hab' ich bis dahin keinen.

CÉLIMÈNE *zu Alceste*

Das war wohl nicht Ihr Ernst?

ALCESTE

O doch; ich möchte sehen:
Wer von uns dreien soll bleiben? Wer von uns dreien soll gehen?

Fünfte Szene

Basque, Alceste, Célimène, Eliante, Acaste, Philinte, Clitandre

BASQUE *zu Alceste*

Ein Herr wünscht Sie zu sehen, und möglichst unverweilt,
In dringenden Geschäften – er sagt: die Sache eilt.

ALCESTE

Ich lass' ihn bitten, daß er die Ungeduld bezähmt.

BASQUE

Sein Kleid ist reich bestickt, betreßt und goldverbrämt.

CÉLIMÈNE

Man darf ihn nicht abweisen, man hole ihn hierher!

ALCESTE *zu dem eintretenden Wachtmeister*

Mein Herr, darf ich Sie bitten – und was ist Ihr Begehr?
Nun?

Sechste Szene

Wachtmeister, Alceste, Célimène, Eliante, Acaste, Philinte, Clitandre

WACHTMEISTER
Herr Alceste, ich hätte ... ich möchte Ihnen sagen ...

ALCESTE
Nur ungehemmt! Nicht flüstern! Was gibt es – darf ich fragen?

WACHTMEISTER
Von den Herren Hofmarschällen ergeht an Sie das Wort –
Man bittet Sie zu kommen, mein Herr, und zwar sofort.

ALCESTE
Wie? Mich?

WACHTMEISTER
Ja, Sie, mein Herr!

ALCESTE
Warum? Was ist geschehen?

PHILINTE
Ihr Gegner, Herr Oronte, wird wohl dahinterstehen.

CÉLIMÈNE
Wieso?

PHILINTE
Oronte und er begannen ein Gefecht –
Es ging um ein Gedicht – er meinte, es sei schlecht.
Die Hofmarschälle wollen wohl den dummen Handel schlichten.

ALCESTE
Und ich soll widerrufen, mich beugen? Oh, mitnichten!

PHILINTE
Sie gehen am besten gleich, man hat Sie hinbefohlen ...

ALCESTE
In dieser Sache ist ein Ausgleich kaum zu holen;
Ob mich der Spruch der Herren vielleicht dazu verdammt,
Das Machwerk gut zu finden, dem unser Zank entstammt?
Von allem, was ich sagte, wird nichts zurückgenommen,
Die Verse sind infam.

PHILINTE

Doch mit Entgegenkommen ...

ALCESTE

Sie sind, ich bleib' dabei, abscheulich, läppisch, kläglich!

PHILINTE

So zeigen Sie sich doch nicht ganz so unverträglich!
Ich bitte Sie!

ALCESTE

Ich gehe, doch niemand wird je sehen,
Daß ich mich selbst verleugne ...

PHILINTE

Sie müssen endlich gehen!

ALCESTE

... es sei denn, mir gebiete des Königs Majestät,
Die Verse gut zu finden, um die der Streitfall geht –
Sonst bleibe ich dabei: sie sind elendiglich,
Der Mann, der sie verfaßte, ist strafbar, und nicht ich!
Zu Clitandre und Acaste, die lachen
Zum Henker, meine Herren, ich wußte bisher nicht,
Daß ich zum Lachen bin.

CÉLIMÈNE

Nun fort, wohin die Pflicht
Sie ruft.

ALCESTE

Ich geh' – doch schnell eil' ich zurück im Wagen,
Um dieses Streitgespräch gebührend auszutragen.

Dritter Akt

Erste Szene

Clitandre, Acaste

CLITANDRE
Verehrtester, ich merke, daß du zufrieden scheinst
Und keinen Grund zum Mißtrauen und Groll zu haben meinst;
Ja, glaubst du – und versuche, dich selbst nicht zu belügen –
Du habest wirklich Anlaß für Freude und Vergnügen?

ACASTE
Weiß Gott! Wenn ich mich auch gewissenhaft befrage,
Ich finde kein Motiv für Kummer oder Klage,
Ich habe Geld, bin jung, war eben Gast bei Leuten,
Die in der großen Welt mit Recht sehr viel bedeuten;
Einem erlauchten Haus bin ich als Sohn entsprossen,
Mir bleibt wohl kaum ein Amt in unserem Staat verschlossen,
Ich bin geschickt, nicht unschön, der Wirkung stets gewiß,
Hab' eine schlanke Taille, ein treffliches Gebiß,
Und was die Kleidung angeht, sag' ich wohl nicht zuviel,
Wenn ich behaupte: Keiner erreicht ganz meinen Stil.
Ich bin beliebt, geachtet, und jeder sieht mich gern
Von unseren schönen Damen zum Allerhöchsten Herrn . . .
Bei alledem, Verehrter, das siehst du fraglos ein,
Kann man wohl guter Laune und höchst zufrieden sein.

CLITANDRE
Doch wenn du's überall zu leichten Siegen brachtest,
Wie fass' ich's, daß du hier ganz ohne Hoffnung schmachtest?

ACASTE
Ich? Traust du mir das zu: mit ohnmächtigen Klagen
Die Kälte einer Schönen gehorsam zu ertragen?
Ein Mann von schlechtem Wuchs, von niederem Rang und blöde,
Verzehre sich in Glut für eine schöne Spröde,
Lieg bettelnd ihr zu Füßen, erdulde tausend Szenen,
Erflehe ihre Gnade mit Seufzern und mit Tränen,

Um in Geduld und Demut allmählich auszugleichen,
Was Aussehen, Geist und Rang nicht ganz von selbst erreichen.
Doch unsereins, Verehrter, tut alles mit Gewinst,
Verschwendet niemals Liebe, wenn sie sich nicht verzinst,
Sei auch der Wert der Schönen bedeutend, ungeheuer,
Ich glaube, Gott sei Dank: ich bin genauso teuer,
Der Vorzug, mein zu sein, das weiß sie, ist sehr groß,
Drum weiß sie ebenso: er ist nicht kostenlos,
Mit einem Wort: man muß das Gleichgewicht erlangen,
Muß beiderseits gewähren und beiderseits empfangen.

CLITANDRE

Du rechnest, Liebster, Bester, auf einen Herzensbund?

ACASTE

Ich rechne, Bester, Liebster, und das mit gutem Grund.

CLITANDRE

Laß ab von diesem Irrtum, schon allzu lange währt er.
Du bist ja blind, du täuschst dich, du Guter, Hochverehrter.

ACASTE

Ich bin tatsächlich blind, ich täusch' mich unbedingt.

CLITANDRE

Wie kämest du denn drauf, daß hier das Glück dir winkt?

ACASTE

Ich täusche mich ...

CLITANDRE

Woher gewinnst du dieses Wissen?

ACASTE

... bin blind.

CLITANDRE

Du ziehst den Schluß, und wo sind die Prämissen?

ACASTE

Ich irre mich.

CLITANDRE

Hat sie in aller Heimlichkeit
Dich denn in ihres Herzens Geheimnis eingeweiht?

ACASTE

Sie haßt mich.

CLITANDRE

Schließ mich doch in die Verschwörung ein!

ACASTE

Sie weist mich immer ab.

CLITANDRE

Genug der Witzeleien,
Eröffne mir nun ernsthaft, ob sie dir Hoffnung gab.

ACASTE

Du bist der Hahn im Korb, mich weist sie immer ab.
Ihr Haß mir gegenüber läßt sich ja kaum beschreiben.
Ich muß mich dieser Tage voraussichtlich entleiben.

CLITANDRE

Sag, willst du nicht, Verehrter, daß wir den Fall bereinigen
Und uns in dieser Hinsicht verständigen und einigen?
Wer bei Frau Célimène mit Grund zur Ansicht neigt,
Daß sie im Herzen ihm die größere Gunst erzeigt,
Dem weicht mit seinem Anspruch der andere Konkurrent,
Wodurch er ihn im voraus als Sieger anerkennt.

ACASTE

Verdammt nochmal, der Vorschlag steht mir nicht übel an,
Ich bin ganz einverstanden mit diesem deinem Plan . . .
Doch scht!

Zweite Szene

Célimène, Acaste, Clitandre

CÉLIMÈNE

Wie? Noch nicht fort?

CLITANDRE

Die Liebe hält uns hier.

CÉLIMÈNE

Ich hörte eine Kutsche – wer kommt da wohl zu mir?

CLITANDRE

Wer es auch sei, er stört uns!

Dritte Szene

Basque, Célimène, Acaste, Clitandre

BASQUE

Arsinoé traf ein
Und wünscht Sie zu besuchen.

CÉLIMÈNE

Was mag die Absicht sein?

BASQUE

Das Fräulein Eliante hat sie bereits empfangen.

CÉLIMÈNE

Was sucht sie, was bezweckt sie, wonach steht ihr Verlangen?

ACASTE

Sie gilt in allen Kreisen als Muster einer Keuschen,
Den echten Glaubenseifer . . .

CÉLIMÈNE . . . weiß sie gut vorzutäuschen;
Ihr Herz empfindet weltlich, sie möchte einen Mann
Mit allen Mitteln fangen, doch keiner biß noch an,
Sie ist voll Neid und Mißgunst, denn leider blieb bisher
Der Platz zu ihren Füßen bekanntlich immer leer,
Ihr armes bißchen Tugend in seiner Einsamkeit
Hilft sich mit wilden Flüchen auf diese böse Zeit.
Wir anderen sind belagert, die Arme bleibt allein
Und hüllt sich drum in Wolken von falscher Keuschheit ein,
Weil sie mit ihren Reizen die Blicke nicht besticht,
Wird alles zum Verbrechen, woran es ihr gebricht.
Doch käme ein Bewerber, so wär' es ihr nur recht,
Besonders Freund Alceste erschien' ihr gar nicht schlecht:
Ich hätt' ihn ihr gestohlen, meint sie, vor Ärger schäumt sie,
Was er mir angedeihen läßt, behauptet sie, versäumt sie,
Wie sehr sie mich beneidet, muß offenkundig werden,
Sie sucht mit allen Mitteln mein Ansehen zu gefährden,
Kurzum: ein Menschenwesen sah ich auf Erden nie,
Das dümmer und vor allem gemeiner ist als sie
Und . . .

Vierte Szene

Arsinoé, Célimène

CÉLIMÈNE

. . . Welcher gute Wind weht Sie zu mir hierher,
Wo stecken Sie denn, Beste? Sie fehlten mir schon sehr!

ARSINOÉ

Ein offenes Bekenntnis gebietet meine Ehre.

CÉLIMÈNE

Ich wüßte keinen Gast, der mir willkommener wäre!
Acaste und Clitandre haben sich zurückgezogen.

ARSINOÉ

Es kommt mir sehr gelegen, daß diese beiden gehen.

CÉLIMÈNE

Ich bitte, Platz zu nehmen.

ARSINOÉ

Ich bleibe lieber stehen.
Verehrteste, die Freundschaft, das ist auch Ihnen klar,
Bewährt sich erst ganz richtig in Stunden der Gefahr,
Und da der Weltenlenker nichts noch so Hohes schuf,
Das unserer Ehre gleichkäm' und unserem guten Ruf,
Will ich durch ein paar Worte, die Ihren Ruf angehen,
Bekunden, daß Sie mir in Freundschaft nahestehen.
Ein Kreis von edlen Menschen, sehr makellos und rein,
Bezog durch Zufall gestern in das Gespräch Sie ein,
Und über Ihren Wandel, Ihr weltliches Betragen,
Hört' ich da mit Bedauern nicht nur das Beste sagen.
Die zahlreichen Besucher, die Sie bei sich empfingen –
Berichte und Gerüchte von sehr galanten Dingen –
All dies wird mit Bedauern und Argwohn registriert,
Viel strenger, als ich selber es täte, kritisiert.
Sie können sich wohl denken, wie ich dagegen sprach,
Ich habe Sie verteidigt, doch war ich, ach, zu schwach,
Ich sprach für Ihre Ehre, was man nur sprechen kann,
Ich nahm mich Ihrer Sache aus Überzeugung an,

Jedoch – so ist das Leben! – man kämpft mit Leidenschaft,
Nur: was wir leisten möchten, geht über unsere Kraft,
Und schließlich war ich selber genötigt zuzugeben:
Der trügerische Anschein wirft Schatten auf Ihr Leben,
Den Blicken vieler Leute bot es sich derart dar,
Daß es den bösen Zungen willkommene Beute war
Und daß es, Liebste, Beste, nun Ihre Sache wäre,
Die Zweifel zu entkräften im Sinne Ihrer Ehre,
Wobei ich zu versichern mich aufrichtig beeile,
Daß ich besagte Zweifel nicht im geringsten teile.
Doch schon der Schein des Lasters vermag die Welt zu trügen,
Dagegen wird das reinste Gewissen nicht genügen.
Ich weiß, Sie sind vernünftig, mir kommt's nicht in den Sinn,
Sie könnten denken, daß ich nicht Ihre Freundin bin,
Daß ich mein Ideal: die Ehrlichkeit vergesse –
Ich wollte Sie nur warnen, in Ihrem Interesse.

CÉLIMÈNE

Verehrteste, ich habe von Herzen Dank zu sagen,
Die Warnung ist verpflichtend, und statt mich zu beklagen,
Gestatten Sie, daß ich mich bei Ihnen revanchiere,
Hören Sie nun meine Warnung im Austausch gegen Ihre;
Ich muß Sie ohne Rückhalt als Freundin anerkennen,
Da Sie mir die Gerüchte, die mich betreffen, nennen,
Ich hoffe, Sie verzeihen, ganz so wie ich verzieh,
Wenn ich die Frage stelle: Wie spricht man über Sie?
In einem Kreis von Menschen, sehr rein und makellos,
Wo Mißgunst als sehr klein gilt und Lauterkeit als groß,
Da sprach man jüngst von echten und falschen Idealen
Und ist – es war wohl Zufall – dabei auf Sie verfallen.
Ihr Übermaß an Eifer, Ihr übertriebenes Streben
Schien jenem Kreis kein Beispiel des rechten Tuns zu geben,
Die vorgetäuschte Strenge, das mürrische Gesicht,
Das ewige Gerede von Ehre und von Pflicht,
Die angestrengte Tugend, die in Erwartung zittert,
Was harmlos ist, mißdeutet und ständig Laster wittert,
Der allerhöchste Rang, den Sie sich zuerkennen,

Die Überheblichkeit, mit der Sie andere nennen,
Ihr Starrsinn und Ihr Argwohn, die bösen Kommentare
Auch über alles Rechte, Gerechte, Echte, Wahre,
All das – ich muß, ich darf's wohl ohne Rückhalt sagen,
War Gegenstand von Klagen und höchst erstaunten Fragen:
»Wozu«, so sagte man, »die sanften Unschuldsmienen,
Wenn sie doch nur als Larve des wahren Wesens dienen?
Beim Beten ist sie peinlich genau, korrekt, voll Liebe,
Doch ihren Leuten gibt sie anstatt des Lohns nur Hiebe,
Sie pflegt vor den Altären in Andacht zu versinken,
Doch geht sie hell gekleidet, versäumt nie, sich zu schminken;
Sie heuchelt Prüderie, wenn Nacktes nicht verhüllt ist,
Doch stört es sie nur dann, wenn es auf einem Bild ist.«
Ich bin bei diesem Angriff nicht tatenlos geblieben,
Ich nannte diese Reden gehässig, übertrieben,
Doch suchte ich vergeblich die anderen zu bekehren,
Man meinte schließlich, daß Sie recht gut beraten wären,
Wenn Sie in Zukunft minder die Taten anderer schmähten
Und selber nicht so vieles, was schmähenswert ist, täten.
Ein jeder sollte gründlich in einen Spiegel sehen,
Bevor er sich entschließt, auf andere loszugehen.
Man prüfe erst der eigenen Vortrefflichkeit Gewicht
Und geh' erst dann mit fremden Gebrechen ins Gericht.
Die Mängel zu bekämpfen, die unsere Menschenwelt hat,
Das sei die Sache derer, die Gott dazu bestellt hat.
Ich weiß, Sie sind vernünftig, mir kommt's nicht in den Sinn,
Sie könnten denken, daß ich nicht Ihre Freundin bin,
Daß ich mein Ideal: die Ehrlichkeit vergesse –
Ich wollte Sie nur warnen, in Ihrem Interesse.

ARSINOÉ

Wenn man den Menschen wohlwill, macht man sich oft verhaßt,
Doch auf die Gegenrede – nein! – war ich nicht gefaßt,
Und Ihrer sauren Miene, Verehrte, merk' ich an:
Mein offenes Bekenntnis hat Ihnen wehgetan.

CÉLIMÈNE

Im Gegenteil, Verehrte, sehr heilsam ist unstreitig

Das offene Bekenntnis – vor allem gegenseitig –
Wenn man es öfter übte in aller Ehrlichkeit,
Wär' mancher vor Verblendung, was ihn betrifft, gefeit;
Von Ihnen nur hängt's ab, ob wir dem guten, schönen
Bekenntnisdrang hinfort in alle Zukunft frönen,
Einander offen sagen – und beiden dadurch dienen –
Was man so sagen hört – Sie von mir, ich von Ihnen.

ARSINOÉ

Von Ihnen, ach, Verehrte – 's wär' kaum der Rede wert,
Verglichen mit dem allen, was man von mir so hört.

CÉLIMÈNE

Verehrte, nein, man findet wohl jeden gut und schlecht,
Und je nach seinem Standpunkt hat jeder immer recht.
Bald ist man in der Stimmung für die Galanterie,
Und dann, zu anderen Zeiten, neigt man zur Prüderie,
Man kann sich auch verstellen, kann heucheln, was nicht stimmt,
Wenn erst die Glut der Jugend erlischt und sacht verglimmt,
So deckt man, was verdrießlich, was peinlich sein kann, zu ...
Wer weiß, ob ich's nicht einst auch nach Ihrem Beispiel tu',
Im Alter wird man prüde, doch will ich's mir ersparen,
Das schon vorwegzunehmen in allzu jungen Jahren.

ARSINOÉ

Sie rühmen sich beredt der Jugend; mir will scheinen,
Sie wiegt nicht gar so schwer, wie Sie, Verehrte, meinen,
Was man an Jahren mehr als Sie zählt, ist doch nicht
Ein Grund zum Stolz für Sie und fällt kaum ins Gewicht:
Ich kann nicht recht verstehn, was Sie so sehr erregt,
Daß Ihr gekränktes Herz kein Wort von mir erträgt.

CÉLIMÈNE

Und ich verstehe nicht, Verehrte, daß Sie blind
Mich höhnen und mich schmähen, wo immer Sie auch sind.
Was kann denn ich dafür, daß keiner Sie umwirbt,
Daß Ihnen mein Erfolg fast jeden Spaß verdirbt?
Wenn meine Gegenwart die Liebesglut entfacht,
Was jeder neue Tag beglückend deutlich macht,
Wenn man von mir das will, was Sie so sehr entbehren,

Ist das denn meine Schuld? Ich kann mich doch nicht wehren!
Gehen Sie doch frisch drauf los, ins Kampfgewühl hinein!
Ich hindere Sie ja nicht, verführerisch zu sein.

ARSINOÉ

Ja meinen Sie im Ernst, das Faktum macht mir Pein,
Daß man Sie so hofiert und Sie drauf stolz sind? Nein!
Ein jeder weiß es ja schon bis zum Überdruß,
Um welchen Preis man das derzeit erkaufen muß.
Nicht doch, Verehrteste! Wer Augen hat, der sieht:
Es ist die Keuschheit nicht, die Herren zu Ihnen zieht,
Die Glut wird nicht genährt von heilig reinem Feuer,
Nicht Ihre Tugend ist dem Schwarm der Werber teuer!
Es täusche sich, wer mag – ich nicht! – durch große Töne,
Man weiß, woran man ist: ich kenne manche Schöne,
Die zärtliches Gefühl wohl auszulösen wert ist
Und die trotz alledem von keinem Mann begehrt ist;
An diesen Tatbestand schließt sich die Einsicht an:
Nur die umwirbt der Mann, die etwas bieten kann,
Um schöner Augen willen wird keiner nach ihr streben,
Dort, wo man nehmen möchte, muß man auch etwas geben.
Drum sollten Sie sich nicht in falschem Stolze wiegen,
Drum brüsten Sie sich nicht mit Ihren leichten Siegen . . .
Auf alle Welt von oben blasiert herabzusehen,
Zu solchem Hochmut scheint kein Anlaß zu bestehen.
Wären wir tatsächlich neidisch – den Damen Ihresgleichen –
Wir könnten sein wie ihr und euer Ziel erreichen
Und euch Beweise liefern, von Rücksicht nicht bewegt,
Daß jede Männer findet, sofern sie Wert drauf legt.

CÉLIMÈNE

Ich bitte drum, Verehrte, es ist der Mühe wert;
Die köstliche Erfahrung, daß jeder Sie begehrt,
Kann ohne . . .

ARSINOÉ

Nein, Verehrte, das ginge wohl zu weit,
Die Reden abzubrechen, scheint mir nun an der Zeit,
Ich hätte längst schon Abschied von diesem Haus genommen,

Nur, leider, meine Kutsche ist noch nicht hergekommen.

CÉLIMÈNE

Sie können hier, Verehrte, solang' Sie wollen, weilen,
Ich sehe keinen Anlaß für Sie, sich zu beeilen,
Doch will ich Sie nicht weiter mit meinen Reden plagen –
Weit bessere Gesellschaft hab' ich ja anzutragen,
Da uns zur rechten Zeit der Zufall einen sendet,
Willkommener als ich, der Unterhaltung spendet.
zu dem auftretenden Alceste
Alceste, ein Brief, sehr wichtig, zur Hälfte erst geschrieben,
Will rasch beendet sein, es läßt sich nicht verschieben,
Sie leisten der Verehrten Gesellschaft – *zu Arsinoé* Sie verzeih'n
Mir diesen Bruch der Sitte – ich lasse euch allein.

Fünfte Szene

Alceste, Arsinoé

ARSINOÉ

Da meine Kutsche fortfuhr und noch nicht wiederkehrte,
Soll ich Sie unterhalten, gebietet die Verehrte;
Nie kam ihr ganzer Reiz wohl besser zur Entfaltung
Als durch die Möglichkeit zu dieser Unterhaltung.
Es ist doch so, daß Menschen von ganz besonderen Gaben
Die Achtung und die Liebe der anderen Menschen haben,
Und Ihre Gaben scheinen so übergroß zu sein,
Daß sie mein Herz bestimmen, sich Ihnen ganz zu weih'n.
Ich wollte, daß der Hof all dies Erhabene, Gute
Mit Dank und Anerkennung zu würdigen geruhte:
Sie sind zurückgesetzt und drum erzürnt – mit Recht! –
Man schätzt Sie zu gering, behandelt Sie zu schlecht!

ALCESTE

Mich? Nein, verehrte Dame, nie würd' ich mich erdreisten!
Wann sah man mich denn je gehorsam Dienste leisten?
Von allem, was ich tat, tat nichts dem Hof so gut,
Daß ich ihm übelnehm', wenn er für mich nichts tut.

ARSINOÉ

So mancher, der bei Hof viel Geltung schon gewann,
Hat all sein Lebtag nichts für diesen Hof getan,
Man muß Gelegenheit, man muß auch Einfluß haben,
Vor allem aber Sie mit Ihren großen Gaben,
Sie müßten . . .

ALCESTE

Lassen Sie die Gaben aus dem Spiel,
Was sollten die dem Hof bedeuten? Nicht s o viel!
Wie kommt der Hof dazu – es ist nicht einzusehen –
Bei jedem Untertan nach Gaben auszuspähen?!

ARSINOÉ

Was ungewöhnlich ist, braucht keinen, der da späht,
Weil längst schon durch das Land die frohe Kunde geht;
Bei Menschen höchsten Rangs, das darf ich Ihnen melden,
Stehen Sie im besten Ruf: dem eines Geisteshelden.

ALCESTE

Mein Gott, verehrte Dame, wen lobt man heute nicht?
Der rechte Maßstab ist's, an dem's der Zeit gebricht;
Ein jeder ist besonders, und alle rühmt man sehr,
Bedeutend sein bedeutet in dieser Zeit nichts mehr.
Das Lob, das adeln sollte, hat weiteste Verbreitung,
Sogar mein Kammerdiener stand neulich in der Zeitung.

ARSINOÉ

Doch durch ein Amt bei Hof sind Sie für alle Welt
Ganz so, wie ich es wünschte, ins rechte Licht gestellt,
Ich brauche nur ein Zeichen der Zustimmung von Ihnen
Und ebne alle Wege und lege alle Minen,
Ich hab', wo es drauf ankommt, so manchen Stein im Brett,
Sie kämen sozusagen in ein gemachtes Bett.

ALCESTE

Gesetzt den Fall, ich käme: was sollte ich dort tun?
Ich bin nicht in der Stimmung, bequem und still zu ruh'n,
Der Himmel gab mir nicht zu solchem Zweck das Leben,
Er hat mir nicht die Seele des Höflings mitgegeben;
Um mich in dieser Sphäre erfolgreich zu bewegen,

Fühl' ich mich ungeeignet, denn alles spricht dagegen,
Ich bin der Wahrheitsliebe und Ehrlichkeit verschworen,
Für Trug und Heuchelei hab' ich den Sinn verloren.
Vermag man, was man denkt, nicht restlos zu verschweigen,
Darf man sich öffentlich in diesem Land nicht zeigen.
Ich weiß wohl, fern vom Hof sind Macht und Einfluß selten,
Man hat auch nicht die Titel, die heute soviel gelten,
Doch wer darauf verzichtet, erspart sich den Verdruß,
Daß er vor allen Leuten den Narren spielen muß.
Der Würdelosigkeit, die schmerzt, ist er enthoben,
Er muß die schlechten Verse gewisser Herren nicht loben,
Auch nicht gewissen Damen viel Artigkeiten sagen,
Auch nicht die dummen Witze der Junker still ertragen.

ARSINOÉ

Man zwingt den nicht zum Hof, der so darüber denkt;
Doch auch in Ihrem Herzen sind Sie, scheint mir, gekränkt.
Und darf ich offen sprechen, dann sei Ihnen entdeckt,
Ich wünschte Ihren Wünschen ein edleres Objekt:
Warum ist Ihrer Liebe kein wahres Glück beschert?
Das Herz, für das Sie glühen, ist dieser Glut nicht wert.

ALCESTE

Darf eine Frau das sagen – es sei denn sie vergißt,
Daß die, von der sie spricht, mit ihr befreundet ist?!

ARSINOÉ

Und wenn auch – mein Gewissen kann es nicht mehr mit [ansehen,
Kann Sie nicht so beleidigt, Sie, einen solchen Mann sehen:
Das, was ich merken muß, erfüllt mein Herz mit Bangen,
Ich muß es Ihnen sagen – Sie werden hintergangen.

ALCESTE

Mit wieviel Zartgefühl Sie mich in Kenntnis setzen!
Ein Mann, der wahrhaft liebt, muß diese Geste schätzen.

ARSINOÉ

Ist sie auch meine Freundin, nenn' ich's doch unerhört,
Wie sie ein edles, reines und großes Herz betört
Und ihm dafür nichts bietet als leere Tändelei'n.

ALCESTE

Ja, das kann sein, in Herzen sah niemand je hinein;
Doch gelten Sie als milde, als gut – wie geht das zu?
Wer einem Herzen wohlwill, raubt ihm doch nicht die Ruh!

ARSINOÉ

Wenn Sie nichts hören wollen, dann fragen Sie nicht viel,
Und ich geb' keine Antwort, das ist ein Kinderspiel.

ALCESTE

Nein, nein, verehrte Dame – denn für den Mann, der liebt,
Sind Zweifel wohl das Ärgste, das Schlimmste, das es gibt;
Drum muß ich drauf bestehen, daß man mir etwas zeigt,
Was sich mit Augen sehen läßt, ganz deutlich – oder schweigt.

ARSINOÉ

Nun gut – genug geredet, Sie wünschen den Beweis,
Sie werden ihn bekommen, ganz deutlich, schwarz auf weiß.
Ja, ja, Sie müssen alles mit eigenen Augen sehen
Und dazu nur mit mir in meine Wohnung gehen;
Dort weis' ich Ihnen schlüssig, exakt, präzise nach,
Daß Ihnen Ihre Dame, mein Freund, die Treue brach,
Und ist in Ihrem Herzen für eine andere Platz,
Dann seien Sie guten Mutes – es findet sich Ersatz.

Vierter Akt

Erste Szene

Eliante, Philinte

PHILINTE

Kein anderer war je so schwierig zu behandeln,
Mit keinem andern war's so schwierig zu verhandeln,
Von allen Seiten hat man Alceste aufs Korn genommen,
Mit List und mit Gewalt – ihm war nicht beizukommen.
Für die Herren Hofmarschälle war wohl noch kein Konflikt
So ungewohnt wie dieser, so seltsam und verzwickt.
»Wie kann ich«, ruft er aus, »mein eigenes Wort verneinen?
Ich geb' in jedem Punkt gern nach, bis auf den einen!
Was will er denn von mir, was soll's, was fällt ihn an?
Man ist doch nicht entehrt, weil man nicht dichten kann!
Ich finde, daß sein Tadel, nicht meiner, übertreibt,
Der ist doch kein Verbrecher, der schlecht Gedichte schreibt!
Die Ehre wird ja nicht betroffen durch die Verse,
Er ist und bleibt ein Held vom Scheitel bis zur Ferse,
Ein wahrer Edelmann, eines unserer größten Lichter,
Ist alles, was man will – nur kein begabter Dichter.
Als Reiter und als Fechter will ich ihn freudig rühmen,
Er ist begabt zum Tanzen, zum Tragen von Kostümen,
Und nur für sein Sonett kann ich mich nicht entflammen ...
Bringt einer kein Gedicht, das besser ist, zusammen,
Soll er den Drang verhalten, denn wenn er dennoch dichtet,
Wird er von der Kritik mit vollem Recht vernichtet!«
Und als ein Äußerstes an Huld und Duldsamkeit
War er entgegenkommend zu guter Letzt bereit
Und sagte – so als ob's ein Schuldbekenntnis wär':
»Es tut mir leid, daß ich so schwierig bin, mein Herr;
Ich wollt', ich hätte – denn ich bin Ihnen verbunden –
Dieses Sonett vorhin nicht unbegabt gefunden!«

Und man umarmt einander und schüttelt beide Hände –
Das hochnotpeinliche Verfahren ist zuende.

ELIANTE

Für seine Seltsamkeiten bin ich gewiß nicht blind,
Doch muß ich offen sagen: ich bin ihm wohlgesinnt;
Daß er nach Wahrheit strebt mit solcher Leidenschaft,
Scheint mir ein edler Zug, beinahe heldenhaft.
Die Tugend ist sehr rar in unserem Jahrhundert,
Ich hätte sie gern oft, nicht nur an ihm bewundert.

PHILINTE

Die andere Leidenschaft find' ich bemerkenswert,
Je öfter ich ihn seh': die, die sein Herz verzehrt;
Ich faß' es nicht: ein Mann mit Grillen wie den seinen
Entbrennt in Liebesglut – wie läßt sich das vereinen?
Ich frage mich vor allem, warum just diese eine
Just einem Mann wie ihm so liebenswert erscheine.

ELIANTE

Man kann an diesem Paar nur wieder einmal sehen,
Daß unsere Herzen nicht dem Willen unterstehen;
Die Stimme der Vernunft verbietet Sympathien
Und hat in allem recht – und doch: man hört nicht hin.

PHILINTE

Ist Ihrer Meinung nach auch sie an ihn gebunden?

ELIANTE

Das wüßt' ich gern: ich hab's noch nicht herausgefunden.
Man nimmt es ja nicht wahr, was in den Herzen spricht –
Und ganz genau weiß sie's vermutlich selber nicht;
Denn oft ist unsere Liebe auch uns nicht offenbar,
Und oft meint man zu lieben – und es ist gar nicht wahr.

PHILINTE

Ich fürchte: die Verbindung bringt einem solchen Mann
Viel Leid und großen Kummer, mehr als er ahnen kann;
Hätt' er mein Herz im Leib – ich sag's ohne Bedenken –
Er würde seinen Blick in andere Richtung lenken
Und durch die rechte Wahl, verehrte Freundin, dann
Der Gaben teilhaft sein, die Ihr Herz bieten kann.

ELIANTE

Ich find' es nicht geraten, daß man zuviel verschweigt.
Drum will ich es nicht leugnen: ich bin ihm zugeneigt;
Doch liebt er sie, dann will ich mich nicht dazwischenschieben,
Ich will meine Cousine wie bisher zärtlich lieben,
Und wenn der beiden Schicksal von mir allein abhinge,
Wollt' ich, daß er mit ihr vereint durchs Leben ginge.
Doch, da in Liebesdingen nichts sicheren Bestand hat:
Sofern einmal sein Herz sich von ihr abgewandt hat,
Da sie den Schwüren anderer ihr Ohr leiht, nicht den seinen,
Dann könnt' er mir allmählich in neuem Licht erscheinen;
Und sollte ich ihn auch nur ihrer Abfuhr danken,
Ich werd' in meiner Neigung und Zärtlichkeit nicht schwanken.

PHILINTE

Und ich, verehrte Freundin, will mich nicht widersetzen,
Kann nichts dagegen haben, daß Sie ihn derart schätzen,
Er selbst mag wiederholen, was ich von dieser Neigung
Ihm erst vor kurzem sagte, aus voller Überzeugung;
Nur: kämen diese beiden am Ende doch zusammen,
Erscheint es hoffnungslos, daß Sie für ihn entflammen,
Weiß ich, daß es für mich das Glück bedeuten sollte,
Bei Ihnen das zu finden, was er nicht suchen wollte:
Ich will geduldig warten, wohin sein Herz sich wendet,
Ob es in seiner Blindheit mir die Erfüllung spendet.

ELIANTE

Wär' das Ihr Ernst, mein Freund?

PHILINTE

Ich pflege nicht zu scherzen.
Was Sie vernahmen, kam aus meinem tiefsten Herzen.
Ich warte auf die Stunde, die mir die Freiheit gibt,
Zu sagen, was mein Herz erhofft und wen es liebt.

Zweite Szene

Alceste, mit einem Brief. Eliante, Philinte

ALCESTE

Zu Hilfe! Rache! Rache! Ich bitte Sie, Verehrte!
Wie tilge ich die Schmach, die mir das Herz zerstörte?!

ELIANTE

Was ist's? Was haben Sie? Was bringt Sie so in Wut?

ALCESTE

Als Sühne dieser Schuld wär' selbst der Tod zu gut!
Und käm' der jüngste Tag und wär' die Sintflut da,
Es schreckte mich nicht so wie das, was mir geschah.
Es ist ge . . . meine Lie . . . sie . . . ich . . .

ELIANTE

Was soll das Stammeln?
Man kann Sie nicht verstehen – Sie müssen sich erst sammeln.

ALCESTE

Gerechter Himmel! – nein! – wie eint sich soviel Pracht
Mit soviel Schändlichkeit und soviel Niedertracht?!

ELIANTE

Noch einmal: niemand kann . . .

ALCESTE

Mich trafen Todesstreiche!
Ich bin . . . ich bin betrogen . . . ich bin . . . bin eine Leiche.
Sie hat mich . . . Célimène . . . wer glaubt es, der's nicht sieht,
Daß sie mich . . . Célimène . . . daß sie . . . sie mich verriet?!

ELIANTE

Und wo ist der Beweis, der es untrüglich macht?

PHILINTE

Vielleicht ist es nur Argwohn, Vermutung und Verdacht.
Wer eifersüchtig ist, den kann ein Schatten äffen . . .

ALCESTE

Was faseln Sie von Dingen, Herr, die nicht Sie betreffen?!
Der Nachweis des Verbrechens steht klar auf dem Papier,
Von ihrer Hand geschrieben, ich hab' ihn hier bei mir.

Ein Brief an Herrn Oronte erwies mir ihre Schmach
Und ihre schwarze Seele, da sie die Treue brach,
Ein Brief an Herrn Oronte, der ihr nichts galt, an ihn,
Der mir von allen Freiern der harmloseste schien.

PHILINTE

Ein Brief wird leicht mißdeutet, das ist schon oft geschehen,
Man liest in ihm gern Dinge, die gar nicht in ihm stehen.

ALCESTE

Zum allerletztenmal, Herr, Sie mengen sich nicht ein!
Was mich angeht, das lassen Sie meine Sorge sein!

ELIANTE

Ich bitte Sie, das Toben gefälligst zu beenden . . .

ALCESTE

An Sie, Verehrte, Beste, an Sie will ich mich wenden!
Zu Ihnen flehe ich in meiner höchsten Not,
Befreien, retten Sie mein Herz vom sicheren Tod,
Ich rufe Sie zur Rache, weil Ihre Anverwandte
Mein reines edles Streben so heimtückisch verkannte . . .
Verursacht diese Untat denn auch nicht Ihnen Schmerz?

ELIANTE

Ich soll Sie rächen? Wie?

ALCESTE

Hier haben Sie mein Herz!
Empfangen Sie es, Beste, anstelle dieser Bösen,
So können Sie mir helfen, mich retten, mich erlösen,
So will ich sie bestrafen durch die Ergebenheit,
Durch aufrichtige Liebe, durch echte Herzlichkeit,
Durch nimmermüde Dienste, mit zärtlichem Bedacht
Am Altar unserer Liebe in Demut dargebracht.

ELIANTE

Ich mußte damit rechnen, daß Sie sich derart kränken,
Und Ihren Antrag will ich mit Sympathie bedenken,
Doch überschätzen Sie vermutlich, was geschah,
Und dann wär' doch kein Grund zur Rache für Sie da.
Wer sich verraten glaubt, faßt mancherlei Entschluß
In seinem ersten Zorn, den er nicht ausführen muß:

Wer tausend Gründe sieht, die Brücken abzubrechen,
Ist bald nachher geneigt, die Liebste freizusprechen;
Vom Streben nach Vergeltung und Rache bleibt kein Hauch –
Der Zorn der Liebenden vergeht so schnell wie Rauch.

ALCESTE

Nein, Beste, nein, nein, nein, zu tödlich ist die Schmach,
Jetzt gibt es kein Zurück, nachdem ich mit ihr brach;
Es bleibt bei allen Plänen, die ich soeben machte,
Gott soll mich strafen, wenn ich die Schlange wieder achte,
Hier kommt sie – und ihr Anblick verdoppelt meine Wut,
Ich halte ihr vor Augen, was sie mir tat und tut,
Ich will mein Herz entlasten, von allem, was es band,
Dann reich' ich Ihnen willig und freudig meine Hand.

Dritte Szene

Célimène, Alceste

ALCESTE

O Himmel, laß mich abtun, was meinen Geist verbittert!

CÉLIMÈNE

Schon wieder? Was geschah, das Sie so sehr erschüttert?
Was wollen Sie mit den Seufzern und mit den düsteren Blicken,
Die Sie voll Leidenschaft in meine Richtung schicken?

ALCESTE

Die Blicke sagen: lieber tief in der Hölle braten
Als noch einmal erleben, was Sie mir tun und taten,
Das Schicksal und der Teufel und Gott in seinem Grimm:
Was sie auch Übles wirken, ist nicht entfernt so schlimm.

CÉLIMÈNE

Sie sind ein großer Meister im Komplimente-Machen.

ALCESTE

Nein, keine Scherze, bitte, es gibt jetzt nichts zu lachen,
Erröten Sie vielmehr, und das mit gutem Grund,
Mir wurde Ihr Betrug durch sicheres Zeugnis kund.
Ja, meine Seele hat mit vollem Recht gebangt,

Prophetisch sah mein Herz, woran sein Lieben krankt;
In steigendem Verdacht, den man mir übelnahm,
Ahnt' ich schon längst das Unheil, das mir vor Augen kam;
Das Schicksal zeigte mir des Übels trübe Quellen,
Trotz Ihrer Heuchelei und Kunst, sich zu verstellen.
Erwarten Sie nur nicht, daß ich mich ohne Rache
Erniedrigt und verhöhnt still aus dem Staube mache.
Gewiß: es wär' vergebens, der Liebe zu befehlen,
Sie fragt nicht, was wir wollen – sie wählt – läßt uns nicht [wählen,
Und mag man mit Gewalt nach einem Herzen streben,
Es wird nicht unterliegen, es will sich frei ergeben;
So hätten Sie von mir kein böses Wort vernommen,
Wär' auch ein klares Nein aus Ihrem Mund gekommen
Als Antwort auf mein Werben, das Ihre Nähe sucht –
Ich hätte nur mein Schicksal und niemals Sie verflucht.
Doch durch ein falsches Ja zum Schein begünstigt sein
Und dann verraten, nein, das nenne ich gemein,
Da sieht man keine Strafe als übertrieben an,
Im Dienst an meiner Rache hab' ich nun freie Bahn.
Ja, ja, erzittern Sie, da Sie mir das getan,
Ich bin nicht mehr ich selbst, bin nur noch Racheplan:
Durch Ihren Schlag versehrt, in dumpfer Todesnacht,
Sind meine Sinne künftig nicht vom Verstand bewacht,
Sie weichen dem Gebot der aufgepeitschten Wut,
Für das, was sich hinfort begibt, steh' ich nicht gut.

CÉLIMÈNE

Ich bitte Sie – was soll der übergroße Zorn?
Ging Ihnen die Vernunft mit einemmal verlor'n?

ALCESTE

Jawohl, als ich das Gift aus Ihrem Anblick sog,
Das mich Unseligen ins tiefste Elend zog,
Als ich zu spät durchschaute, daß schändlicher Betrug
Mir meinen Geist behexte, mein Herz mit Blindheit schlug.

CÉLIMÈNE

Ein schändlicher Betrug? Wie, wo, zu welcher Zeit?

ALCESTE

Oh, die Verstellungskunst, die Doppelzüngigkeit!
Doch damit ist's nun aus, ich hab' das Gegengift.
Sehen Sie doch dieses Blatt mit Ihrer eigenen Schrift,
Unwiderlegbar bleibt das Zeugnis dieser Lettern,
Ihr eigener Brief genügt, Sie gänzlich zu zerschmettern.

CÉLIMÈNE

Und deshalb Mord und Brand und peinliches Gericht?

ALCESTE

Sie sehen diesen Brief und Sie erröten nicht?

CÉLIMÈNE

Warum soll ich erröten? – das hätte keinen Zweck.

ALCESTE

Sie sind nicht nur verlogen – nun sind Sie auch noch keck!
Verleugnen Sie den Brief und Ihren Namenszug?

CÉLIMÈNE

Was sollte ich verleugnen? Ich hasse den Betrug!

ALCESTE

Und trotz der Schandtat, deren der Brief Sie überführt,
Sind Sie nicht rot vor Scham und bleiben ungerührt?

CÉLIMÈNE

Mein Freund, Sie sind und bleiben ja doch ein großer Narr.

ALCESTE

Sie spotten des Beweises, ist er nicht sonnenklar?
Wie Sie da an Oronte viel Zärtlichkeit verschwenden,
Soll mich wohl nicht erbittern und nicht Ihr Ansehen schänden?

CÉLIMÈNE

Oronte? Was soll der Brief mit ihm zu schaffen haben?

ALCESTE

Das sagten mir die Leute, die ihn mir heute gaben.
Doch gälten Ihre Worte auch einem anderen Mann,
Wär' drum der Schimpf nicht kleiner, den Sie mir angetan,
Gleich groß die tiefe Wunde, geschlagen meiner Ehre.

CÉLIMÈNE

Und falls das Blatt ein Schreiben an eine Dame wäre,
Wär' es dann immer noch verwerflich und gefährlich?

ALCESTE

Die Wendung ist vortrefflich, die Ausrede ist herrlich!
Der unverhoffte Schachzug weiß mich zu überzeugen:
In Demut muß ich mich vor Ihrer Tugend beugen. –
Mit derart plumpen Finten stimmt man doch keinen um,
Sie halten wohl die Menschen für urteilslos und dumm!
Nun gut, wir werden sehen, auf welche Winkelzüge
Sie sich zu stützen suchen bei dieser glatten Lüge,
Wie Sie den Nachweis führen, all diese Zärtlichkeit
In Ihren holden Worten sei einer Frau geweiht.
Rechtfertigen Sie sich – wie kann es möglich sein,
Daß beispielsweise diese ...

CÉLIMÈNE

Das will ich gar nicht – nein!
Ich mag' es gern, wenn Sie mir solche Worte sagen
Und wie ein Souverän mich zu beherrschen wagen.

ALCESTE

Nein, ohne Leidenschaft wollen wir vor allen Dingen
Was hier zu sagen ist, zunächst ins Reine bringen.

CÉLIMÈNE

Nein, nein, genug davon, Sie mühen sich vergeblich –
Was Sie mir unterstellen, ist weiter nicht erheblich.

ALCESTE

Ein kleines Wort genügt – ich weiß: ich irre scheinbar –
Wie ist der Sinn des Briefes mit einer Frau vereinbar?

CÉLIMÈNE

Der Brief ist an Oronte – ich pflege nicht zu lügen –
Denn er verehrt mich sehr, und das macht mir Vergnügen,
Ich höre ihn gern reden, ich lieb' es, ihn zu sehen,
Und was Sie sonst noch wünschen, das will ich auch gestehen. –
Nun los, entscheiden Sie, was weiter werden soll,
Nur schreien Sie mir, bitte, die Ohren nicht länger voll!

ALCESTE

O Gott, wann wurde je so Grausames gesagt?
Wann wurde je ein Herz so fürchterlich geplagt?
Nur der gerechte Zorn hat mich hierhergejagt,

Ich komme mich beklagen – und werde angeklagt!
Man stachelt meinen Argwohn, schürt meinen wilden Schmerz,
Läßt mich das Schlimmste ahnen und treibt mit mir nur Scherz;
Und doch bin ich zu feige – wie läßt es sich begreifen?! –
Die Kette, die mich fesselt, energisch abzustreifen,
Das treulose Geschöpf gelassen zu verachten,
Nach dem ich mich verzehre in würdelosem Schmachten!
Ja, diese meine Schwäche ist Ihnen wohlbekannt
Und wird geschickt von Ihnen als Waffe angewandt
Im Angriff auf die Liebe, so übergroß, so rein,
Die Sie mit List erweckten, nur um sie zu entweih'n!
Erklären Sie zumindest Ihr seltsames Betragen,
Statt sich nur anzuklagen und weiter nichts zu sagen,
Drum her mit diesem Brief, und sollt' er harmlos sein,
Stimm' ich als erster gern in einen Freispruch ein;
Bemühen Sie sich doch, sich mir als treu zu zeigen,
Dann will ich mich bemühen, Sie treu zu sehen, und schweigen.

CÉLIMÈNE

Die Eifersucht, mein Lieber, hat Ihren Geist versehrt,
Von mir geliebt zu werden, sind Sie ja gar nicht wert,
Ich möchte eines wissen: wem sollte es denn glücken,
Mich Ihretwegen tief in Lügen zu verstricken –
Und neigte sich mein Herz zu einem anderen hin,
Was hindert mich, zu sagen, wie ich gesonnen bin?
Hab' ich mich durch mein Wort nicht fest an Sie gebunden?
Wie hat Verdacht den Weg in Ihr Gemüt gefunden?
Man wäge, was ein Wort und was der Argwohn spricht!
Wer ihn nicht unterdrückt, der schlägt mir ins Gesicht.
Wir Frauen müssen uns so mühsam überwinden,
Gefühle preiszugeben, uns ausdrücklich zu binden,
Wie oft konnt' es nicht schon die Sittsamkeit verhüten,
Daß wir es eingestanden, wenn wir auch noch so glühten?!
Doch sprengt ein Herz die Bande der Sitte, die es zügeln,
Und der Geliebte zweifelt – muß man den Mann nicht prügeln,
Der trotz dem Ja, das sie sich zögernd abgerungen,
Den Argwohn weiter nährt, von Eifersucht bezwungen?!

Ach, gehen Sie, Ihre Haltung hat mich zutiefst verletzt,
Sie sind ja gar nicht wert, daß eine Frau Sie schätzt,
Doch ich bin dumm – ich hasse mein kindliches Gemüt:
Noch immer ist die Neigung für Sie nicht ganz verglüht;
Längst sollt' ich anderswo nach Trost und Stütze fragen
Und tun, was Sie verfrüht so ungerecht beklagen.

ALCESTE

O Schwäche – unbegreiflich! – ich kann nicht, wie ich will;
Sie scheinen mild, fast zärtlich, und alles ist nur Spiel,
Ich sehe es und muß mich doch blind dem Schicksal fügen,
Ich bin dazu verurteilt, zu glauben, was Sie lügen,
Denn wie erkunde ich die Tiefen Ihrer Seele,
Und sehe, was ich weiß: wie sehr sie sich verfehle?

CÉLIMÈNE

So schwach wie Ihre Liebe darf keine Liebe sein.

ALCESTE

Nein, nein, ich liebe wahrhaft und heftig Sie allein,
So stark ist mein Gefühl, daß alle Welt es sehen kann,
Daß es sich, stolz und eifernd, an Ihnen selbst vergehen kann,
Weh Ihnen, daß um Sie je andere Männer warben,
Weh Ihnen, daß Sie nicht in Not sind, hungern, darben,
Daß Ihnen das Geschick nicht alles vorenthielt,
Besitz, Vermögen, Güter, den Namen, der viel gilt,
Daß nicht erst meine Liebe Sie nun vor aller Welt
Für soviel schwarze Unbill des Schicksals schadlos hält.
Wie schön wär' das Bewußtsein: Sie litten Not und Pein
Und sind und haben alles durch mich, durch mich allein.

CÉLIMÈNE

Was für ein Gunstbeweis von ganz besonderer Art!
Das Glück hat mir zum Glück ein solches Glück erspart . . .
Doch da kommt Ihr Lakai, er sieht ja köstlich aus . . .

Vierte Szene

Du Bois, Célimène, Alceste

ALCESTE
Was soll denn dieser Aufzug? Geschah etwas im Haus?
Was hast du?

DU BOIS *auf komische Manier in Reisekleidung*
Herr ...

ALCESTE
Nun, was?

DU BOIS
Ich kann es nicht verstehen.

ALCESTE
Was gibt's?

DU BOIS
Das Schlimmste, Herr, es kann nicht gut ausgehen.

ALCESTE
Was?

DU BOIS
Darf ich ...

ALCESTE
Ja, du darfst, so rede endlich, sprich!

DU BOIS
Ist nirgends einer, der ...

ALCESTE
Geschwind, beeile dich!
Wirst du wohl reden?!

DU BOIS
Herr, wir müssen leider gehen.

ALCESTE
Wohin denn?

DU BOIS
Fort von hier auf Nimmerwiedersehen.

ALCESTE
Warum denn?

DU BOIS

Weil wir müssen, hinweg von diesem Ort.

ALCESTE

Weshalb?

DU BOIS

Das ist es ja, wir müssen von hier fort.

ALCESTE

Doch welcher Anlaß läßt dich solche Reden führen?

DU BOIS

Weil wir verschwinden müssen und unser Bündel schnüren.

ALCESTE

Erzählst du nicht sofort, was vorgefallen ist,
Dann schlag' ich auf dich ein, daß du nichts hörst und siehst.

DU BOIS

Ein Mann, ganz dunkel, Herr – der Anzug wie die Mienen –
Mit einem Blatt Papier ist er bei uns erschienen –
Und dieses war bedeckt mit einer Kritzelschrift –
Der muß des Teufels sein, der die zu lesen trifft,
Am besten vielleicht gleich der Teufel selbst – indes:
Das eine glaube ich – es geht um den Prozeß.

ALCESTE

Na und, du Wichtigtuer, wie bringt dich das Papier
Zu dieser Schreckenskunde: wir müssen fort von hier?

DU BOIS

Das wollt' ich grad erzählen, denn eine Stunde drauf
Taucht plötzlich ein Bekannter des Herrn in Eile auf
Und fragt nach meinem Herrn und ist ganz außer sich,
Daß er den Herrn nicht antrifft, und bittet darum mich –
Er weiß es wohl: mit Eifer und Treue dien' ich Euch –
Ich soll dem Herrn berichten – wie war sein Name gleich?

ALCESTE

Wer braucht den Namen, Esel? Ich brauche den Bericht!

DU BOIS

Der Mensch ist ein Bekannter – den Namen braucht man nicht –
Er meint: schnell abzureisen ist der Vernunft Gebot,
Sonst ist er – er meint Euch – hier von Arrest bedroht.

ALCESTE

Was noch?

DU BOIS

Was noch?

ALCESTE

Was meint er, weshalb Arrest, wofür?

DU BOIS

Kein Wort, Herr, er verlangt ein Blatt Papier von mir
Und schreibt Euch einen Brief, den hab' ich eingesteckt,
Drin ist die ganze Sache wahrscheinlich aufgedeckt.

ALCESTE

Gib ihn doch her!

CÉLIMÈNE

Was mag da vorgefallen sein?

ALCESTE

Ich ahn's nicht, doch der Brief weiht mich in alles ein!
Wie lange brauchst du noch?! Mit mir ist nicht zu spaßen!

DU BOIS *nach langem, umständlichem Suchen*

Ach, Herr, ich hab' den Brief zu Hause liegen lassen.

ALCESTE

Ich weiß nicht, was mich abhält . . .

CÉLIMÈNE

Verlieren Sie keine Zeit
Und ordnen Sie, wenn's geht, die Angelegenheit.

ALCESTE

Das Schicksal will verhindern, daß wir in Ruhe sprechen,
Es hat sich wohl verschworen, uns stets zu unterbrechen,
Doch weiß ich, daß die Liebe am Ende triumphiert –
Wir reden weiter, heut' noch, bevor es Abend wird.

Fünfter Akt

Erste Szene

Alceste, Philinte

ALCESTE
Nein, mein Entschluß steht fest – ich bleib' bei meinem Wort!
PHILINTE
Was auch geschehen sein mag, Sie sollten nicht sofort . . .
ALCESTE
Bemühen Sie sich nicht – verlieren Sie keine Zeit,
Nun bringt mich nichts mehr ab, denn nun bin ich soweit;
Die Welt ist ungesund und faul in unseren Tagen,
Es lüstet mich, dem Umgang mit Menschen zu entsagen.
Was soll's? Mein Widersacher hat alles gegen sich
In dem Prozeß, und alles, ja, alles, spricht für mich,
Man würdigt allgemein die Reinheit meiner Sache,
So daß ich ob des Ausgangs mir keine Sorgen mache,
Doch dann, mit einemmal, wird alles wirr und schwierig,
Die Sympathien gewann ich, doch den Prozeß verlier' ich!
Ein Schurke, dessen Ränke erkennt, wer Augen hat,
Kann mich ins Unrecht setzen durch eine schnöde Tat!
Und Treu und Glauben sinken dahingestreckt zu Boden,
Er meuchelt mich, erschlägt mich mit tückischen Methoden,
Verstellung, List, Intrigen, ein Dutzend frecher Lügen
Kann für des Rechtes Beugung in dieser Zeit genügen!
Ein übler Urteilsspruch belohnt die Schurkerei,
Und als ob das noch nicht genug der Schande sei . . .
Da zirkuliert seit kurzem ein schauerliches Buch –
Das Lesen dieses Textes ist schädlich, wird zum Fluch –
Ein Machwerk, das mit Recht verspottet wird, verhaßt ist –
Und dieser Schuft behauptet, daß es von mir verfaßt ist.
Oronte sekundiert voll Eifer und Geschick
Dem Bösewicht satanisch mit manchem Wort und Blick,
Er, den man rühmt bei Hof ob seiner Redlichkeit,

Er, der sich schwer gekränkt fühlt durch meine Offenheit,
Der ohne mein Dazutun mit seiner Reimerei
Zu mir kommt, um zu hören, wie meine Meinung sei . . .
Und weil er mich bestürmt und ich auf seine Frage
Gewissenhaft und ehrlich, wie ich es finde, sage,
Muß ich ihn Hand in Hand mit einem üblen Mann sehen,
Er schmäht mich, denunziert mich und untergräbt mein Ansehen,
Er wird mein ärgster Feind, denn er verzeiht mir nie
Mein mangelndes Entzücken für seine Poesie.
O über diese Menschen in dieser unserer Zeit,
Ihr Sinnen und ihr Trachten ist schnöde Eitelkeit,
Ihr Glaube, ihre Tugend, ihr falsches Heldentum,
Gerechtigkeit und Ehre: nur Gier nach faulem Ruhm!
Hinweg von diesem düsteren und jammervollen Ort,
Aus dieser Lasterhöhle und Mördergrube fort,
Ihr pflegt mit euresgleichen wie Wölfe umzugehen,
Ich will euch Lumpenkerle im Leben nie mehr sehen!

PHILINTE

Der bindende Entschluß scheint mir zu früh gekommen,
Ein kleiner Zwischenfall wird nicht so schwer genommen,
Und was die Gegenseite so frech insinuiert,
Reicht nicht als Vorwand aus, daß man Sie arretiert;
Die haltlose Verleumdung, die niemand ernsthaft glaubt,
Fällt schmählich noch zurück auf des Verbreiters Haupt.

ALCESTE

Und wenn auch! Solch ein Kerl ist gegen Schmach immun,
Er kann sich alles leisten und jede Schandtat tun.
Und nichts wird sich für ihn als nachteilig erzeigen,
Er wird sogar demnächst an Rang und Ansehen steigen.

PHILINTE

Und ich sag': es steht fest – mit aller seiner Macht
Hat er gekämpft und hat doch nichts zustand' gebracht;
Von dieser Seite droht nun keinerlei Gefahr,
Und den Gerichtsbeschluß, der nicht sehr günstig war,
Begründet anzufechten, steht dem Beklagten frei,
Man kann in aller Form . . .

ALCESTE

Nein, nein, es bleibt dabei!
Mag's auch zum Himmel schreien, was das Gericht
[beschließt,
Ich rühre keinen Finger – es bleibt so, wie es ist,
Als Beispiel für das Recht, das unsere Richter beugen,
Soll es vor aller Welt in aller Zeit bezeugen,
Als klassisches Exempel den Kindeskindern sagen,
Wie tief die Menschen sanken in diesen dunklen Tagen.
Die zwanzigtausend Francs verliere ich recht gern,
Gewinn' ich nur das Recht, mich wider dich zu kehr'n,
Verfluchte Unnatur der schnöden Menschenrasse,
Bis übers Grab hinaus mit meinem ganzen Hasse!

PHILINTE

Doch nun ...

ALCESTE

... ist's höchste Zeit, das Reden zu vertagen,
Was könnten Sie mir denn, mein Herr, noch weiter sagen,
Es wäre denn, Sie hätten die Stirn und fingen an,
Den Nachweis zu versuchen, daß Unrecht Recht sein kann.

PHILINTE

Das nicht; ich stimme zu, begreife Ihre Qualen,
Der Lauf der Welt beruht auf Ränken und Kabalen,
Das Wohl des lieben Nächsten schlägt jeder in den Wind,
Die Menschen wären besser ganz anders, als sie sind;
Doch sind die Übelstände ein Grund, von hier zu scheiden,
Die menschliche Gesellschaft für alle Zeit zu meiden?
Im Gegenteil: sie bieten den Anlaß, uns in Ehren
Als echte Philosophen und Weise zu bewähren.
So wird die Tugend trefflich mit allem fertig werden –
Und gäb' es rund um uns kein Laster hier auf Erden,
Wär' jeder treu und ehrlich, zum Besseren schnell bekehrt,
Dann wäre unsere Tugend so gut wie gar nichts wert,
Da wir sie ja vor allem benötigen, um still
Zu dulden, daß man uns ein Unrecht antun will;
Und wenn ein großer Geist sein Lebtag redlich war ...

ALCESTE

Ich weiß, mein Herr, ich weiß, Sie können wunderbar
Plädieren, argumentieren, Sie schöpfen aus dem vollen,
Doch schade um die Zeit – bei mir ist nichts zu wollen.
Nur eins scheint mir klug und ratsam: das große Abschied-
[nehmen,
Ich kann ja meine Zunge nicht hinreichend bezähmen,
Ich kann für das nicht gutstehen, was ich im Eifer sage,
Verwickle mich in Händel wohl hundertmal am Tage.
Ein Wort an Célimène sei mir nur noch bewilligt,
Ich will, daß sie den Plan zur großen Reise billigt,
Ich möchte noch erkunden, ob sie mich wahrhaft liebt,
Die Zeit ist nahe, die mir darüber Aufschluß gibt.

PHILINTE

Gehen wir zu Eliante, erwarten wir sie dort.

ALCESTE

Ich bin zu sehr bewegt, ich kann von hier nicht fort,
Gehen Sie – ich seh' ein Eck, ganz düster, ohne Licht:
Dort warte ich auf sie – das steht mir zu Gesicht.
Er verbirgt sich im Hintergrund.

PHILINTE

In solcher trüben Stimmung verlass' ich Sie nur schwer,
Ich hole Eliante und komm' gleich wieder her.

Zweite Szene

Oronte, Célimène, Alceste

ORONTE

Ob Sie, verehrte Dame, sich durch ein holdes Band
Mit mir verbinden wollen, das liegt in Ihrer Hand.
Ich muß Gewißheit haben – das werden Sie verstehen –
Die Liebe braucht Beweise, will sich bestätigt sehen ...
Wenn Sie nicht unempfindlich für mein Verlangen waren,
Dann zögern Sie doch nicht, es mir zu offenbaren;
Als schlüssigen Beweis will ich es anerkennen,

Daß Sie sich von Alceste, der stets um Sie ist, trennen.
Sogleich sei dieser Umgang, der mich beklommen macht,
Am Altar unserer Liebe als Opfer dargebracht.

CÉLIMÈNE

Was wäre gegen ihn denn plötzlich einzuwenden –
Hört' ich Sie ihm nicht oft begeistert Beifall spenden?

ORONTE

Es geht jetzt nicht darum, was mir an ihm nicht recht ist,
Ich will erwiesen sehen, ob Ihre Liebe echt ist;
Entscheiden Sie sich, bitte, für ihn oder für mich –
Das wäre mein Entschluß – auf Ihren warte ich.

ALCESTE *hervortretend*

Sie müssen sich entscheiden – da hat der Herr ganz recht,
Auch mir geht's um die Frage: Ist Ihre Liebe echt?
Mich plagt die gleiche Sorge – sein Zweifel ist der meine,
Auch meine Liebe will Beweise, ganz wie seine:
Die bindende Entscheidung läßt sich nicht mehr vertagen –
Die Stunde ist gekommen. – Sie müssen etwas sagen.

ORONTE

Ich wünsche nicht, mein Herr, das darf ich Ihnen schwören,
Als unerwünschter Werber Ihr Liebesglück zu stören.

ALCESTE

Ich wieder will, mein Herr, das müssen Sie verzeih'n,
Als Liebster Célimènes nicht in Gesellschaft sein.

ORONTE

Und scheint sie Ihre Liebe der meinen vorzuzieh'n ...

ALCESTE

Wenn sie der kleinsten Neigung zu Ihnen fähig schien' ...

ORONTE

... will ich in aller Zukunft nichts mehr von ihr erflehen.

ALCESTE

... dann will ich sie, das schwör' ich, im Leben nicht mehr sehen.

ORONTE

Verehrteste, erklären Sie sich nun frei und offen!

ALCESTE

Wir hören, meine Dame: wen hat die Wahl getroffen?

ORONTE

Ganz ohne Furcht und Zwang: er – ich – wer soll es sein?

ALCESTE

Sie sind am Zug – wer ist's? – wen traf es von uns zwei'n?

ORONTE

Wie, unsere Frage macht Sie schwankend und beklommen?

ALCESTE

Wie, können Sie mit sich denn nicht ins reine kommen?

CÉLIMÈNE

Mein Gott, warum so eilig gleich auf des Messers Schneide?
Sie handeln wirklich nicht vernünftig, alle beide!
Ich weiß an diesem Kreuzweg, wohin ich gehen muß,
Mein Herz pflegt nicht zu schwanken, es kennt seinen Entschluß:
Die Fragen, die Sie stellen, sind alle nicht mehr offen,
In Herzenssachen ist ja schnell die Wahl getroffen,
Nur, wenn ich ehrlich sein darf, bereitet es mir Pein ...
Ich kann doch nicht vor Zeugen so offenherzig sein;
Den Satz, der einem Herzen das Todesurteil spricht,
Sagt man doch einem Menschen, wenn's geht, nicht ins Gesicht,
Sanft soll ihm Kunde werden, wem unsere Neigung gilt,
Er soll nicht Qualen leiden wie ein gehetztes Wild,
Ein rücksichtsvoller Dritter bringt ihm weit besser bei,
Daß ihm das Ziel der Wünsche versagt geblieben sei.

ORONTE

Nicht doch, gelassen nehm' ich ein offenes Wort in Kauf,
Ich möchte darum bitten.

ALCESTE

Und ich besteh' drauf!
Je klarer, desto besser, zur Schonung ist kein Grund,
Die Ehrlichkeit ist heilsam, die Täuschung ungesund.
Ja, Menschen hinzuhalten, ist Ihre große Kunst,
Doch Schluß mit den Manövern und mit dem blauen Dunst,
Ich fordere ein Wort – sofort – erklären Sie sich!
Verweigern Sie's, dann nehm' ich's als Votum gegen mich.
Sie kommen um den Ausdruck der Herzenspein herum,
Ich bin ganz Gift und Galle und Haß – doch bin ich stumm.

ORONTE
Da trat gerechter Zorn beredsam in Erscheinung!
Verehrter Herr Alceste, ich bin ganz Ihrer Meinung.

CÉLIMÈNE
Genug der Witzeleien, denn ich ertrag' sie schlecht,
Was Sie von mir verlangen, ist hart und ungerecht,
Ich nannte auch schon Gründe für meine Schweigsamkeit . . .
Doch da kommt Eliante – sie schlichte unseren Streit.

Dritte Szene

Eliante, Philinte, Célimène, Oronte, Alceste

CÉLIMÈNE
Du siehst mich hier, Cousine, bedrängt und arg gequält
Von mißgestimmten Herren, da ihnen Einsicht fehlt,
Mit gleicher Leidenschaft verlangen diese beiden
Von mir, mich für den einen von ihnen zu entscheiden,
Zugleich, und zwar vor Zeugen, dem andern zu verwehren,
Mich ferner zu umwerben, mich weiter zu begehren;
Ich frage dich, ob das dem guten Ton entspricht.

ELIANTE
Ich bitte dich, Cousine, frag mich das lieber nicht,
Sonst findest du vielleicht, du wärst nicht gut beraten,
Denn ich bin für den Einklang der Worte und der Taten.

ORONTE *zu Célimène*
Nun sehen Sie: das Sträuben wird Ihnen gar nichts nützen.

ALCESTE *zu Célimène*
Die ausweichende Haltung wird niemand unterstützen.

ORONTE
Die Waage muß sich endlich nach einer Seite neigen.

ALCESTE
Sie müssen gar nicht reden, nur kurze Zeit noch schweigen.

ORONTE
Ich warte auf ein Wort, dann enden alle Fragen.

ALCESTE
Ich weiß, woran ich bin, wenn Sie das Wort nicht sagen.

Vierte Szene

Acaste, Clitandre, jeder mit einem Brief, Arsinoé, Philinte, Eliante, Oronte, Célimène, Alceste

ACASTE
Gestatten Sie, Verehrte, daß wir Sie kurz besuchen,
In einer kleinen Sache um Aufklärung ersuchen.

CLITANDRE *zu Oronte und Alceste*
Sie, meine Herren, wehte ein guter Wind hierher,
Die Sache interessiert wohl auch Sie beide sehr.

ARSINOÉ
Sie staunen, Liebste, Beste, mich hier im Haus zu sehen,
Die Herren baten mich, mit ihnen her zu gehen,
Sie wiesen mich voll Unmut auf einen Umstand hin,
Der mir – ich sag' es offen – ganz unglaubwürdig schien,
Da ich Sie immer vornehm und wohlerzogen fand
Und drum zu einem Streich wie diesem nicht imstand'.
Daß Sie sich gehen ließen, Verehrte, glaub' ich nie,
Im Wettstreit der Gefühle obsiegt die Sympathie,
Drum geb' ich Ihnen nun, mag Sie's auch überraschen,
Gelegenheit, sich gänzlich und völlig reinzuwaschen.

ACASTE
In Ruhe möchten wir, Verehrteste, erhellen,
Wie Sie sich zu den Fakten, die uns bekannt sind, stellen:
An meinen Freund Clitandre ist dieser Brief gerichtet.

CLITANDRE
Der Brief ist an Acaste – so hat man mir berichtet.

ACASTE *zu Oronte und Alceste*
Die Züge, meine Herren, sind Ihnen doch bekannt?
Auch Ihnen sind wohl Zeilen von dieser schönen Hand
Schon manchmal zugekommen, ein Dankeswort, ein Gruß,

Doch hier steht viel geschrieben, das man sich merken muß: »Sie sind ein sonderbarer Mensch, Clitandre, Sie werfen mir meine gute Laune vor und Sie zürnen mir, weil ich angeblich immer besonders fröhlich bin, wenn Sie nicht dabei sind. Mein Gott, wie ungerecht! Wenn Sie nicht schleunigst um Gnade flehen, werde ich Ihnen diese Beleidigung nie vergeben. Unser zaundürrer Graf ...« – wie schade, daß er nicht auch hier ist! – »... zaundürrer Graf, der auf der Liste Ihrer Vorwürfe obenan steht, läßt mich völlig kühl. Besonders seit ich ihm einmal zugesehen habe, wie er drei Viertelstunden lang in einen Brunnen spuckte, um die Kreise zu beobachten, kann ich ihm keinen Reiz mehr abgewinnen. Den kleinen Kavalier ...« das bin ich, meine Herren, mit Verlaub zu sagen! – »... kleinen Kavalier, der mir gestern lange und innig die Hand gehalten hat, erachte ich als das nichtssagendste und unbedeutendste Wesen auf Erden. Außer seinem Mantel und seinem Degen ist aber auch gar nichts an ihm dran. Der mit den grünen Bändern ...« *zu Alceste* Sie sind an der Reihe, mein Herr! – »... mit den grünen Bändern unterhält mich gelegentlich durch seine Ausfälle und seine streitbare Melancholie, die meiste Zeit aber ist er mir fürchterlich zuwider. Und der mit dem Wams...« – *hier kann eine Anspielung auf das Kostüm des Oronte eingefügt werden – zu Oronte* Jetzt werden Sie beliefert, mein Herr! – »mit dem Wams, der sich auf die schönen Künste geworfen hat und mit Gewalt ein Dichter sein will, dem kann ich beim besten Willen nicht zuhören, seine Prosa und seine Verse wirken gleich einschläfernd. Lassen Sie sich also gesagt sein, daß ich mich nicht gar so gut unterhalte, wie Sie meinen, daß ich Sie in den Gesellschaften, in die man mich schleift, mehr entbehre, als es mir lieb ist, und daß man jedes Vergnügen ganz anders genießt, wenn man es mit einem teilt, den man liebt.«

CLITANDRE Und jetzt komme ich: »Ihr Clitandre, der honigsüße Kavalier, wäre der letzte, für den ich etwas übrig haben könnte. Es ist aberwitzig von ihm, daß er meint, ich könnte ihn lieben, ganz so, wie es aberwitzig von Ihnen ist, daß Sie es nicht meinen. Es wäre vernünftig, wenn Ihr beide eure Meinungen

austauschen wolltet. Besuchen Sie mich, bitte, sehr oft und erleichtern Sie mir die Schrecknisse meines Umgangs.«
Das ist ein aufschlußreiches, ein edles Dokument!
Sie wissen wohl, Verehrte, wie man dergleichen nennt?
Doch nun genug – wir werden nun beide allerorten
Auf Sie ein Loblied singen in ausgesuchten Worten.
Er geht.

ACASTE
Wenn ich in dieser Sache kein weiteres Wort verliere,
Dann nur, weil Sie's nicht wert sind, daß ich mich alteriere,
Ich will recht bald beweisen, daß kleine Kavaliere
Ganz andere Herzen brechen, gediegenere als das Ihre.
Er geht.

ORONTE
Nein, nein, das fass' ich nicht – woher der Spott und Hohn?
Sie schrieben ja an mich in völlig anderem Ton;
Ist's möglich, daß ein Herz sich aller Welt versprach,
So schön der Reihe nach, und sein Versprechen brach?
Doch diesem Gaukelspiel muß ich mich nun entzieh'n –
Ich danke Ihnen sehr – ich weiß, woran ich bin –
Ich fühl' mich wieder frei, nicht mehr zu Ihren Füßen,
Und meine Rache sei, daß Sie mich meiden müssen.
Zu Alceste
Ich will Ihr Liebeswerben nun nicht mehr unterbinden,
Sie können sich beruhigt mit dieser Dame finden.
Er geht.

ARSINOÉ
Oh, rabenschwarzes Unrecht, verrucht und folgenschwer –
Ich kann's nicht schweigend dulden, es schmerzt mich viel zu sehr,
Ich zweifle, ob man je solch ein Betragen sah –
Das Los der anderen Herren geht mir nicht ganz so nah –
mit Bezug auf Alceste
Doch einer, der sein Glück auf Sie allein gestellt hat,
Ein Ehrenmann, der Rang und Ansehen in der Welt hat,
Der ganz der Ihre war, voll Glut, voll Sympathie,
Wie darf man . . .

ALCESTE

Lassen Sie mich doch, ich bitte Sie,
Was mir allein geschah, mit mir allein ausmachen,
Belasten Sie sich nicht mit meinen Herzenssachen;
Ist's auch ein schöner Zug, daß Sie mir helfen wollen,
Nie wär' ich in der Lage, gebührend Dank zu zollen,
Und wollt' ich mich auch rächen für unverdiente Qual,
Sie wären keinesfalls die Dame meiner Wahl.

ARSINOÉ

Ach, glauben Sie vielleicht, ich hätte das im Sinn?
Das überrascht mich sehr! Wo denken Sie denn hin?
Es ist wohl dünkelhaft – ein Zug, der mir nicht liegt –
Wenn man sich solcherart in Illusionen wiegt;
Der Korb, den Sie erhielten, ist doch kein Gegenstand,
Der Sie begehrenswert macht, umschwärmt und anerkannt,
Drum täuschen Sie sich nicht und schicken Sie sich drein,
Ein Wesen so wie ich wird nie die Ihre sein,
Am besten bleibt Ihr Herz dort, wo es bisher war –
Wie freu' ich mich schon jetzt auf euch, das schönste Paar!
Sie geht.

ALCESTE

Nun habe ich geschwiegen – trotz allem, was geschah,
Ich ließ die anderen reden und stand gelassen da,
Muß ich auch weiterhin mein Innerstes verstecken,
Darf ich es nie . . .

CÉLIMÈNE

O doch – Sie dürfen's uns entdecken;
Es ist Ihr gutes Recht, sich bitter zu beklagen,
Sie mögen mir getrost nun alles Böse sagen,
Weil ich viel Unrecht tat und weil mich Scham erfüllt,
Sei nichts mehr vorgetäuscht, nichts heuchlerisch verhüllt.
Mich traf kein Zorneswort, das jene anderen fanden,
Doch wenn Sie Klage führen, dann bin ich einverstanden.
Ihr Angriff gegen mich ist wohlverdient und echt,
Ich scheine Ihnen schlecht – und das mit vollem Recht,
Denn alles, was ich tat, glich schmählichem Betrug,

Ja, hassen Sie mich nur – Sie haben Grund genug,
Ich kann's so gut verstehen.

ALCESTE

Wie sollte ich Sie hassen?
Wie könnte mich die Glut, die Zärtlichkeit verlassen?
Wollt' ich mich auch dem Zorn mit aller Kraft ergeben,
Mein Herz vermag es nicht, mein Herz kann nur vergeben.
Zu Eliante und Philinte
Da seht ihr, wie die Liebe die Stärksten lähmen kann,
Als Zeugen meiner Schwäche ruf' ich euch beide an,
Doch das ist noch nicht alles, ihr werdet es gleich sehen,
Denn ich will noch viel weiter und bis ans Ende gehen,
Beweisen, daß man uns mit Unrecht lobt und preist,
Weil Mensch-Sein und weil Mann-Sein ja doch nur [Schwach-Sein heißt.
Zu Célimène
Nein, Ihre Schuld will ich nicht wägen und nicht messen,
Ich habe sie verziehen, ich werde sie vergessen,
Ich nenne sie Verirrung, Verwirrung, Fehlbarkeit,
Verursacht durch die Greuel der bösen neuen Zeit,
Sofern Sie nun bereit sind, sogleich hinwegzuziehen,
Die Menschen zu verlassen und diese Welt zu fliehen
Mit mir in meine Wüste, allein mit der Natur,
Der ich mich ganz verschrieb mit meinem heiligen Schwur.
So tilgen Sie das Unrecht, das vielen hier geschah,
Sie stehen vor aller Augen in neuem Lichte da,
Dem Ränkespiel zum Trotz, das Sie so schändlich trieben,
Ist es mir doch erlaubt, Sie weiterhin zu lieben.

CÉLIMÈNE

Ich soll als junge Frau nichts von der Welt mehr haben,
Um mich in Ihrer Wüste lebendig zu begraben?

ALCESTE

Wenn sich zu einem Herzen ein liebend Herz gesellt,
Was will man mehr, was braucht man denn sonst noch von [der Welt?
Wo wär' für Ihre Wünsche ein anderes Ziel als ich?

CÉLIMÈNE

Die Einsamkeit erschreckt doch ein Wesen so wie mich;
Mir fehlt die Seelengröße, ich bin nicht stark, gelassen,
Ich kann einen Entschluß von solcher Art nicht fassen;
Wenn sich Ihr Herz bei mir am Ziel der Wünsche fand,
Ich könnte mich entschließen, gewährte meine Hand,
Und eine Heirat ...

ALCESTE

Nein! Ich hasse Sie nunmehr!
Der Satz wiegt zehnfach schwerer als jeder Satz bisher!
In Ihren Vorbehalten erstirbt der Liebe Sinn,
Sie wären nie die Meine, wie ich der Ihre bin,
Hinweg! Die Untat soll die letzte für mich sein:
Die Fesseln sind gesprengt – nun bin ich ganz allein.

Célimène entfernt sich – er spricht zu Eliante

Sie, beste Freundin, sind mit Tugenden gesegnet,
Nie bin ich, seit ich denke, solch edlem Sinn begegnet,
Ich achte, schätze, ehre Sie über alle Maßen
Und will's für alle Zeit dabei bewenden lassen.
Verstehen Sie, daß mein Herz, verwirrt, gequält, versehrt,
Sich nicht durch neue Fesseln – seien sie auch hold – beschwert;
Ich wär' Ihrer nicht würdig, ich seh' allmählich ein,
Daß ich es nicht vermag, mit anderen zu sein,
Und einer, die viel höher als jene andere steht,
Ein Herz nicht schenken darf, da sie es nun verschmäht,
Und das ...

ELIANTE

Wenn Sie so denken, ich habe nichts dagegen,
Mein Herz und meine Hand sind trotzdem nicht verlegen,
Ich glaube, daß Ihr Freund sie ohne Zögern nähme
Und ohne Harm, wenn ich sie ihm zu bieten käme.

PHILINTE

Ja, diese Ehre wird für mich unschätzbar sein,
Ihr will ich Gut und Blut, mein ganzes Leben weihn!

ALCESTE

Oh, bleibet, wie ihr seid – Glück und Zufriedenheit

Erhellen euren Pfad bis in die fernste Zeit!
Doch ich, verfolgt, verraten, vom Unrecht tief verletzt,
Will diesen Abgrund fliehen, wo man das Laster schätzt;
Versteckt, fern von den Menschen, such' ich mein Glück fortan
Dort, wo ein Mann von Ehre in Freiheit leben kann.
Er geht.

PHILINTE
Ihm nach! All unsere Kraft gilt es nun zu entfalten,
Von dem Verzweiflungsschritt den Ärmsten abzuhalten.

Die erzwungene Heirat

(Le Mariage forcé)

Komödie in einem Akt

LE MARIAGE FORCÉ

Personen

SGANARELL, in Dorimène verliebt
GERONIMO, Freund Sganarells
DORIMÈNE, Tochter des Alcantor
ALCANTOR, Vater der Dorimène
ALCIDAS, Bruder der Dorimène
LYCASTE, in Dorimène verliebt
ERSTE ZIGEUNERIN
ZWEITE ZIGEUNERIN
PANCRATIUS, Aristoteliker
MARPHURIUS, Skeptiker
EIN PAGE

Die Handlung begibt sich auf einem Platz mit den Häusern des Sganarell, des Alcantor und der beiden Philosophen

Erste Szene

Sganarell, Geronimo

SGANARELL *zu den unsichtbaren Leuten in seinem Haus* Ich bin gleich wieder da – Gebt acht auf das Haus, daß alles ordentlich zugeht! Wenn man Geld bringt, dann laßt mich schnell holen – ich bin bei Herrn Geronimo. Wünscht mich aber sonst jemand zu sprechen, dann sagt, ich sei ausgegangen, unbekannt wohin, und komme den ganzen Tag nicht nach Hause.

GERONIMO Eine sehr kluge Anordnung!

SGANARELL Ah, Herr Geronimo – Sie kommen gerade recht, denn ich wollte Sie eben aufsuchen.

GERONIMO Und zu welchem Zweck, wenn ich fragen darf?

SGANARELL Um Ihnen mitzuteilen, was ich im Sinn habe, und Ihren weisen Rat zu erbitten.

GERONIMO Mit Vergnügen, lieber Herr Sganarell. Ich freue mich, Sie zu sehen – wir können hier gleich nach Herzenslust plaudern.

SGANARELL Bedecken Sie sich doch, ich bitte Sie. – Herr Geronimo, man hat mir einen bedeutsamen Vorschlag gemacht, und vor der Entscheidung ist es empfehlenswert, sich mit guten Freunden auszusprechen.

GERONIMO Daß Sie mich hierzu ausersehen haben, ehrt mich. Und nun erzählen Sie mir gleich, worum es sich handelt.

SGANARELL Zuvor bitte ich Sie nur noch, keinerlei Rücksicht zu nehmen und mir geradeheraus zu sagen, was Sie denken.

GERONIMO Das tu' ich gern, wenn Sie es wünschen.

SGANARELL Ich kenne nichts Verwerflicheres als einen Freund, der nicht offen seine Meinung äußert.

GERONIMO Da haben Sie ganz recht.

SGANARELL Leider findet man heutzutage so wenige ehrliche Freunde.

GERONIMO Ja, das stimmt.

SGANARELL Versprechen Sie mir also, Herr Geronimo, daß Sie mit der größten Aufrichtigkeit zu mir sprechen werden.

GERONIMO Ich verspreche es.

SGANARELL Schwören Sie es.

GERONIMO Bei unserer Freundschaft. Und nun sagen Sie mir, was Sie im Sinn haben.

SGANARELL Ich möchte von Ihnen erfahren, ob ich gut daran tue, zu heiraten.

GERONIMO Sie?

SGANARELL Ja, ich, in höchsteigener Person. Was halten Sie davon?

GERONIMO Beantworten Sie mir zuvor nur eine Frage.

SGANARELL Nämlich?

GERONIMO Wie alt sind Sie jetzt?

SGANARELL Meiner Seel, das weiß ich nicht. Aber ich bin ganz gesund.

GERONIMO Wie, Sie kennen Ihr Alter nicht einmal annähernd?

SGANARELL Nein; wer denkt auch an so etwas?!

GERONIMO Also, dann sagen Sie mir, bitte: wie alt waren Sie, als wir einander kennenlernten?

SGANARELL Meiner Seel, da war ich ja knapp zwanzig.

GERONIMO Wie lange waren wir zusammen in Rom?

SGANARELL Acht Jahre.

GERONIMO Wieviele Jahre haben Sie in England verbracht?

SGANARELL Sieben Jahre.

GERONIMO Und anschließend in Holland?

SGANARELL Fünfeinhalb Jahre.

GERONIMO Und in welchem Jahre sind Sie zurückgekommen?

SGANARELL Im Jahr sechsundfünfzig.

GERONIMO Jetzt schreiben wir das Jahr sechzehnhundertachtundsechzig, das wären also zwölf Jahre. Fünf in Holland: macht siebzehn, sieben Jahre in England: macht vierundzwanzig. Unsere acht Jahre in Rom: das macht zweiunddreißig. Und da Sie zwanzig Jahre alt waren, als wir einander kennenlernten, ergibt das genau zweiundfünfzig – so daß Sie, Herr Sganarell, auf Grund Ihrer eigenen Angaben jetzt ungefähr im zweiundfünfzigsten oder dreiundfünfzigsten Lebensjahr stehen.

SGANARELL Ich? Nein, das ist ausgeschlossen!

GERONIMO Mein Gott, die Rechnung stimmt doch! Und in diesem Sinn sage ich Ihnen ehrlich und als Ihr Freund, so wie ich es Ihnen auf Ihren Wunsch versprochen habe: Lassen Sie das Heiraten sein. Die Ehe ist eine Angelegenheit, die sogar junge Leute sich sehr gründlich überlegen sollten, bevor sie sich endgültig entschließen. Aber in Ihrem Alter soll man gar nicht daran denken. Und wenn es heißt: Das Heiraten ist der ärgste Wahnsinn, dann finde ich es ganz besonders unpassend, diesen Wahnsinn in einem Alter zu begehen, in dem man vernünftiger geworden sein müßte. Ich sage Ihnen, wie Sie merken, ganz offen meine Meinung. Ich rate Ihnen: Denken Sie nicht daran, zu heiraten. Ich würde es für unsagbar lächerlich halten, wollten Sie, der Sie bis heute ein freier Mensch waren, sich jetzt die stärkste aller Fesseln anlegen.

SGANARELL Und ich sage Ihnen: Ich bin entschlossen, zu heiraten, und wenn ich das Mädchen nehme, das ich mir wünsche, mache ich mich überhaupt nicht lächerlich.

GERONIMO Dann liegt die Sache allerdings anders. Davon haben Sie mir nicht erzählt.

SGANARELL Dieses Mädchen gefällt mir. Ich liebe sie von ganzem Herzen.

GERONIMO Sie lieben sie von ganzem Herzen?

SGANARELL Jawohl, und ich habe bei ihrem Vater um sie angehalten.

GERONIMO Sie haben um sie angehalten?

SGANARELL Die Hochzeit soll heute abend sein, ich habe schon mein Jawort gegeben.

GERONIMO Dann heiraten Sie. Ich sage kein Wort mehr.

SGANARELL Soll ich vielleicht alle Pläne rückgängig machen? Finden Sie denn, Herr Geronimo, daß es mir nicht mehr zukommt, an eine Frau zu denken? Reden wir gar nicht von meinem angeblichen Alter – sehen wir nur den Tatsachen ins Gesicht! Gibt es einen Dreißigjährigen, der frischer und kräftiger wäre als ich, wie Sie mich hier sehen? Kann ich mich nicht ganz genau so gelenkig bewegen wie eh und je? Brauche ich vielleicht eine Karosse oder eine Sänfte, um vorwärts zu kommen? Hab' ich nicht noch alle meine Zähne, die besten Zähne weit und breit? Verzehre ich nicht täglich mit Heißhunger meine vier Mahlzeiten, hat man je einen kräftigeren Magen als den meinen gesehen? Nun, was sagen Sie jetzt?

GERONIMO Sie haben recht, ich habe unrecht, und Sie tun sehr gut daran, zu heiraten.

SGANARELL Früher einmal habe ich mich heftig dagegen gesträubt; aber jetzt sprechen gute Gründe dafür. Außer der Freude über eine schöne Frau, die mir tausend Zärtlichkeiten erweisen wird, die mich verwöhnen wird, die mich abreiben wird, wenn ich matt bin, außer dieser Freude, sage ich, ist es mir klar, daß ich, wenn ich so bleibe, wie ich bin, den Stamm der Sganarells aus dieser Welt verschwinden lasse; wenn ich aber heirate, kann ich mich weiterleben sehen, in meinen kleinen zweiten Ichs: ich habe das Vergnügen, Geschöpfe zu betrachten, die ich hervorgebracht habe, kleine Gesichter, die mir gleichen wie ein Wassertropfen dem andern, die von früh bis spät in meinem Haus spielen, die »Papa« rufen, wenn ich aus der Stadt zurückkomme, die den reizendsten Unsinn der Welt schwätzen. Sehen Sie, ich bilde mir ja schon ein, daß alles soweit ist und daß ich ein halbes Dutzend zu meinen Füßen habe.

GERONIMO Nichts ist reizender als das; ich rate Ihnen: heiraten Sie, so schnell Sie können.

SGANARELL Sie raten es mir also allen Ernstes an?

GERONIMO Ja, unbedingt. Sie können nichts Klügeres tun.

SGANARELL Ich bin wirklich entzückt, daß Sie als mein guter Freund mir das empfehlen.

GERONIMO Nun, und wer ist, bitte, die Dame, die Sie heiraten wollen?

SGANARELL Dorimène.

GERONIMO Die immer so elegant und stattlich gekleidet ist?

SGANARELL Ja.

GERONIMO Die Tochter des Herrn Alcantor?

SGANARELL Ja.

GERONIMO Die Schwester dieses Alcidas, der nichts Besseres weiß, als immer mit dem Degen herumzulaufen?

SGANARELL Ja, sie ist es.

GERONIMO Herr des Himmels!

SGANARELL Was sagen Sie dazu?

GERONIMO Sie haben gut gewählt. Heiraten Sie sogleich!

SGANARELL Hab' ich mir nicht die richtige Frau ausgesucht?

GERONIMO Zweifellos. Sie werden bestens verheiratet sein! Lassen Sie sich ja nicht aufhalten.

SGANARELL Ich bin hocherfreut, daß Sie mir das sagen. Ich danke Ihnen für Ihren guten Rat und bitte Sie, heute abend an der Feier teilzunehmen.

GERONIMO Ich werde mich einfinden.

SGANARELL Ihr Diener.

GERONIMO Die junge Dorimène, Tochter des Herrn Alcantor, und Herr Sganarell, der erst dreiundfünfzig ist, oh, was für eine schöne Hochzeit, was für eine schöne Hochzeit!

SGANARELL Die Ehe muß glücklich werden, denn jeder freut sich über sie – ja, alle, denen ich davon berichte, lachen mich an. Ich bin der glücklichste Mann der Welt.

Zweite Szene

Dorimène, Sganarell, ein Page

DORIMÈNE Na, du Kleiner, trag meine Schleppe ordentlich und halt den Mund!

SGANARELL Da kommt meine Geliebte. Ah, wie schön sie aussieht – diese herrliche Gestalt! Muß nicht jeder Mann bei einem solchen Anblick sofort Lust zum Heiraten bekommen?! – Wohin gehst du, mein Schatz, du Zukünftige deines Zukünftigen?

DORIMÈNE Ich muß einige Besorgungen machen.

SGANARELL Ach, Liebste, wie glücklich werden wir beide sein! Nichts darfst du mir verwehren, alles, was ich will, kann ich mit dir machen, und niemand hat das Recht, sich darüber aufzuregen. Vom Kopf bis zu den Füßen wirst du mir gehören, das alles wird mein sein: deine munteren Augen, deine kecke kleine Nase, deine reizenden Lippen, deine zärtlichen Ohren, dein niedliches kleines Kinn, deine beiden süßen runden ... ja, deine ganze Person ist zu meiner Verfügung, und ich kann dich liebkosen nach Herzenslust. Bist du nicht froh über unsere Heirat, meine liebe kleine Puppe?

DORIMÈNE Ja, sehr froh, das schwöre ich dir. Denn bis jetzt hat mein Vater den entsetzlichsten Zwang ausgeübt. Lange genug war ich außer mir vor Erbitterung über die grauenhafte Unfreiheit und habe mir nur eines gewünscht: er soll mich verheiraten, daß ich seiner Tyrannei entrinne und endlich tun kann, was mir paßt. Und Gott sei Dank: ich habe Glück gehabt, du bist gekommen – jetzt will ich mich unterhalten und alles Versäumte nachholen. Du bist ja ein nobler Mann und weißt zu leben – also glaube ich, daß wir die beste Ehe führen werden, weil du nicht den lästigen Ehemännern gleichen wirst, die ihre Frauen wie bessere Haustiere halten. Damit wollen wir gar nicht erst anfangen, das sage ich dir gleich; die Einsamkeit bringt mich zur Verzweiflung, ich liebe die Geselligkeit, das Spiel, die Gesellschaften, Geschenke und Spazierfahrten, mit einem Wort: alles, was Vergnügen macht – und du bist gewiß begeistert, daß du eine Frau von dieser Art bekommst. Wir werden niemals Auseinandersetzungen miteinander haben, ich werde dir in deine Angelegenheiten ebensowenig dreinreden wie du mir hoffentlich in meine. Denn ich finde: gegenseitiges Entgegenkommen ist das Allerbeste, und man heiratet schließlich nicht, um einander Schwierigkeiten zu machen. Wir werden als Eheleute zwei Menschen sein, die die Welt kennen, ohne all die Eifersüchteleien, die einem nur die Laune verderben. Es soll dir genügen, daß du meiner Treue so sicher bist wie ich von der deinen überzeugt bin. Aber was hast du? Wie siehst du denn plötzlich aus?

SGANARELL Irgendwelche Beklemmungen sind mir plötzlich in den Kopf gestiegen.

DORIMÈNE Darunter leiden viele in letzter Zeit. Aber unser Ehestand wird dir das schon vertreiben. Leb wohl – ich kann es kaum erwarten, endlich anständige Kleider zu bekommen und diese Lumpen loszuwerden. Ich kaufe gleich alles ein, was ich brauche, und werde den Lieferanten deinen Namen angeben.

Dritte Szene

Geronimo, Sganarell

GERONIMO Ach, Herr Sganarell, das freut mich sehr, daß Sie noch hier sind. Ich bin nämlich eben einem Goldschmied begegnet, der gehört hat, daß Sie einen schönen Brillantring als Geschenk für Ihre Gemahlin suchen, und der Ihnen sagen läßt, er hätte einen wunderschönen zu verkaufen.

SGANARELL Ach Gott, das ist nicht so eilig.

GERONIMO Wie bitte? Was soll das heißen? Ist Ihre Glut von vorhin plötzlich erloschen?

SGANARELL Mir sind eben einige kleine Zweifel bezüglich des Ehestands gekommen. Ehe ich weitere Schritte tue, möchte ich die Sache gern gründlich untersuchen und mir vor allem einen Traum deuten lassen, den ich heute nacht geträumt habe und der mir eben wieder eingefallen ist. Sie wissen ja: so ein Traum ist wie ein Spiegel, in dem wir sehen können, was uns bevorsteht. Mir war, als wäre ich auf einem Schiff, die See war stürmisch, und ...

GERONIMO Lieber Herr Sganarell, ein unaufschiebbares Geschäft verhindert mich, Sie länger anzuhören. Auch verstehe ich überhaupt nichts von den Träumen. Und was die Frage des Heiratens betrifft, haben Sie zwei Gelehrte zu Nachbarn, zwei

Philosophen, die können Ihnen alles auseinandersetzen, was mit diesem Gegenstand zusammenhängt. Da sie verschiedenen Richtungen angehören, sind Sie dann sogar in der Lage, zweierlei Meinungen zu prüfen. Ich begnüge mich mit dem, was ich bereits gesagt habe, und bin Ihr ergebener Diener.

SGANARELL Er hat ganz recht. Ich muß mich in meiner Ungewißheit mit diesen Leuten beraten.

Vierte Szene

Pancratius, Sganarell

PANCRATIUS *Sganarell nicht sehend* O du unverschämter Patron, aus der Republik der Gelehrten solltest du ausgestoßen werden!

SGANARELL Da kommt ja der eine wie gerufen.

PANCRATIUS Jawohl, ich behaupte, und ich behaupte mit vollem Recht: du bist ein Ignorant, ein Ignorantissimus, ein ignorierender und zu ignorierender, ein ignorierendster Ignorant bist du in allen Personen und Fällen und Zeiten der gesamten Grammatik.

SGANARELL Er hat irgendetwas gegen irgendjemanden. Mein Herr ...

PANCRATIUS Du willst Schlüsse ziehen, Schlüsse, und kennst nicht einmal die Anfänge?

SGANARELL Vor lauter Zorn sieht er mich gar nicht. Mein Herr ...

PANCRATIUS Dein Satz muß verschwinden aus der gesamten Geographie der Philosophie.

SGANARELL Den hat man ja ganz durcheinandergebracht. Ich ...

PANCRATIUS Toto coelo, tota via aberras.

SGANARELL Ich küsse Ihre Hände, Herr Doktor.

PANCRATIUS Diener.

SGANARELL Darf ich ...

PANCRATIUS Weißt du, was du verbrochen hast? Einen Syllogismus in Galordo!

SGANARELL Ich habe ...

PANCRATIUS Die erste Prämisse hinkt, die zweite stinkt, die Folgerung mißlingt.

SGANARELL Ich ...

PANCRATIUS Lieber will ich verrecken, als in deinem Gewäsch Verstand entdecken. Und bei diesem meinem Urteil verharre ich, solange in meinen Adern noch ein Tropfen Tinte rollt.

SGANARELL Darf ich ...

PANCRATIUS Jawohl, mein Standpunkt wird verteidigt.

SGANARELL Lieber Herr Aristoteles ...

PANCRATIUS Ja?

SGANARELL Darf ich fragen, was Sie so sehr erbittert?

PANCRATIUS Der allergerechteste Zorn der Welt.

SGANARELL Und worüber?

PANCRATIUS Über einen Ignoranten und seine These, eine schnöde These, eine blöde These.

SGANARELL Und darf ich wissen, worum es sich handelt?

PANCRATIUS Ach, Herr Sganarell, alles geht heutzutage drunter und drüber, denn die ganze Welt ist der allgemeinen Verderbnis anheimgefallen. Überall herrscht die gräßlichste Zügellosigkeit, und unsere Behörden, statt daß sie die Ordnung im Staat aufrechterhalten, sollten sich in Grund und Boden schämen, wenn sie solch einen ungeheuerlichen Skandal dulden.

SGANARELL Was denn?

PANCRATIUS Ist es nicht schauerlich, abgrundtief bedauerlich, schreit es nicht zum Himmel, daß einer in aller Öffentlichkeit ungestraft sagen darf: die Form eines Hutes?

SGANARELL Wieso?

PANCRATIUS Ich behaupte, es muß heißen: die Gestalt eines Hutes, nicht: die Form eines Hutes. Denn zwischen Form und Gestalt besteht der Unterschied, daß die Form die äußere Beschaffenheit eines belebten Gegenstandes bezeichnet, die Gestalt aber die äußere Beschaffenheit eines unbelebten Gegenstandes. Und rücksichtlich der Tatsache, daß der Hut ein unbelebter

Gegenstand ist, muß man sagen: die Gestalt, nicht: die Form des Hutes. Ja, du Ignorant, so muß es sein und nicht anders, denn so steht es wörtlich bei Aristoteles im Kapitel über die Beschaffenheiten.

SGANARELL *für sich* Und ich habe gedacht, die Welt stürzt ein. *zu Pancratius* Ach, Herr Doktor, denken Sie nicht mehr dran. Ich ...

PANCRATIUS Ich bin so voll Zorn, daß ich mich selbst nicht kenne.

SGANARELL Lassen Sie doch den Hut zufrieden mitsamt seiner Form. Ich möchte Ihnen etwas mitteilen. Ich ...

PANCRATIUS Du elendiglicher Tropf!

SGANARELL Bitte, kommen Sie zu sich. Ich ...

PANCRATIUS Ignorant!

SGANARELL O Gott! Ich ...

PANCRATIUS In meiner Gegenwart eine solche These zu sagen zu wagen!

SGANARELL Ja, er versteht nichts. Ich ...

PANCRATIUS Eine verworfene These, eine von Aristoteles verworfene These!

SGANARELL Ja, wirklich schrecklich! Ich ...

PANCRATIUS Expressis verbis verworfen.

SGANARELL Wie recht Sie haben. Du Dummkopf, du Frechdachs, was, du wagst es und widersprichst so einem Herrn Doktor, der lesen und schreiben kann?! – So, jetzt ist's genug, und Sie hören mich bitte an. Ich möchte Sie in einer Angelegenheit, die mir zu schaffen macht, um Ihren Rat bitten. Ich gedenke, eine Frau zu nehmen, die mit mir Freuden und Leiden des Hausstands teilen soll. Sie ist schön anzusehen und gut gewachsen. Sie gefällt mir sehr gut und sie ist entzückt von der Aussicht, mich zu heiraten. Ihr Vater hat sie mir versprochen. Aber ich fürchte ... ich fürchte ... Sie wissen schon, was; das gewisse Unheil, das dem Mann kein Mitleid, sondern Lachen einträgt und ihn zur komischen Figur macht. Und darum möchte ich Sie bitten, mir als Philosoph Ihre Meinung zu sagen. Was halten Sie davon?

PANCRATIUS Bevor ich einem Hut die Form zuerkenne, will ich behaupten, daß es in der Natur luftleere Räume gibt oder daß ich ein Tier bin.

SGANARELL *für sich* Der Teufel soll dich holen. *zu Pancratius* Bitte, Herr Doktor, hören Sie doch zu! Stundenlang redet man zu Ihnen und bekommt keine Antwort.

PANCRATIUS Ich bitte um Vergebung. Der gerechte Ingrimm hat meinen Geist übermannt.

SGANARELL Ach, lassen Sie das doch endlich sein und haben Sie die Güte, mich anzuhören.

PANCRATIUS Wohlan, es sei. Sie wollen mir etwas sagen?

SGANARELL Ich möchte mit Ihnen über eine ganz bestimmte Sache reden.

PANCRATIUS Und welcher Zunge wünschen Sie sich dabei zu bedienen?

SGANARELL Welcher Zunge?

PANCRATIUS Ja.

SGANARELL Meiner Zunge, meiner eigenen – die ich in meinem Mund habe. Ich glaube nicht, daß ich mir die Zunge von einem Nachbarn ausleihen werde.

PANCRATIUS Ich meine: in welchem Idiom Sie reden wollen, in welcher Sprache?

SGANARELL Ah, das ist etwas anderes.

PANCRATIUS Wollen Sie italienisch reden?

SGANARELL Nein.

PANCRATIUS Spanisch?

SGANARELL Nein.

PANCRATIUS Englisch?

SGANARELL Nein.

PANCRATIUS Lateinisch?

SGANARELL Nein.

PANCRATIUS Griechisch?

SGANARELL Nein.

PANCRATIUS Hebräisch?

SGANARELL Nein.

PANCRATIUS Syrisch?

SGANARELL Nein.

PANCRATIUS Türkisch?

SGANARELL Nein.

PANCRATIUS Arabisch?

SGANARELL Nein. So weiter, wie ich jetzt rede.

PANCRATIUS Ach, so wie Sie jetzt reden?

SGANARELL Ja.

PANCRATIUS Dann gehen Sie, bitte, auf die andere Seite. Dieses Ohr ist den wissenschaftlichen Ausdrücken und den Fremdsprachen vorbehalten – das andere ist für die Muttersprache bestimmt.

SGANARELL *für sich* Viele Umstände muß man mit solchen Leuten machen.

PANCRATIUS Sie wünschen?

SGANARELL Ich möchte Sie wegen einer kleinen Schwierigkeit um Rat fragen.

PANCRATIUS Zweifellos wegen einer philosophischen Schwierigkeit.

SGANARELL Verzeihen Sie, ich ...

PANCRATIUS Ich weiß es schon; Sie wünschen zu erfahren, ob das Substantielle und das Akzidentielle in Bezug auf das Sein synonyme oder mehrdeutige Begriffe sind.

SGANARELL Wirklich nicht. Ich ...

PANCRATIUS Oder ob die Logik eine Kunst oder eine Wissenschaft ist.

SGANARELL Nein, auch nicht. Ich ...

PANCRATIUS Oder vielleicht, ob alle drei Tätigkeiten des Geistes der Gegenstand der Logik sind oder nur die dritte.

SGANARELL Nein, ich ...

PANCRATIUS Dann wahrscheinlich, ob es zehn Kategorien gibt oder nur eine.

SGANARELL Bestimmt nicht – ich ...

PANCRATIUS Oder ob die Schlußfolgerung für den Syllogismus essentiell ist.

SGANARELL Keine Spur, ich ...

PANCRATIUS Jetzt weiß ich's: ob das Wesen des Guten in die

Kategorie des Wünschbaren oder in die Kategorie des Geziemenden gehört.

SGANARELL Nein, nein, ich ...

PANCRATIUS Vielleicht ob das Gute und der Zweck einander wechselseitig bedingen.

SGANARELL Aber nein, ich ...

PANCRATIUS Dann also, ob der Zweck uns durch sein reales Sein oder durch sein intendiertes Sein bewegt.

SGANARELL Nein, nein, nein, nein, nein, zum Teufel noch einmal, nein.

PANCRATIUS Ich kann es doch nicht erraten. Sie müssen mir eröffnen, was Sie wünschen.

SGANARELL Ich will es ja sagen – aber Sie müssen zuhören. *in diesem Augenblick beginnt Pancratius gleichfalls zu reden* Es handelt sich darum, daß ich heiraten möchte, ein schönes junges Mädchen, ich liebe sie von Herzen und habe bei ihrem Vater um sie angehalten. Da ich jedoch befürchten muß, daß sie

PANCRATIUS *gleichzeitig* Das Wort wurde dem Menschen gegeben, um seine Gedanken auszudrücken. Und ebenso wie die Gedanken Abbilder der Dinge sind, sind die Wörter ihrerseits Abbilder unserer Gedanken; nur unterscheiden sich diese Abbilder von anderen Abbildern insofern, als die anderen Abbilder sich von den Urbildern abheben, das Wort jedoch sein Urbild in sich schließt, so daß es nichts anderes ist als ein durch ein äußeres Zeichen ausgedrückter Gedanke. Also ist der beste Denker auch der beste Redner. Eröffnen Sie mir drum Ihre Gedanken in Worten, denn Worte sind die verständlichsten unter allen Zeichen.

SGANARELL *hat Pancratius in sein Haus gedrängt und hält die Türe zu* Der Teufel soll dich holen!

PANCRATIUS *im Haus* Ja, das Wort ist animi index et speculum: der Dolmetscher des Herzens, das Ebenbild der Seele. *er erscheint am Fenster* Das Wort ist ein Spiegel, in ihm erscheinen ganz offen die tiefsten Geheimnisse unseres Innersten. Da Sie somit über die Gabe des logischen Denkens ebensowohl wie über die Gabe des Redens verfügen, woran liegt es denn, daß Sie sich nicht der Worte bedienen, um Ihre Gedanken mitzuteilen?

SGANARELL Ich will ja nichts anderes; aber Sie wollen nicht hören.

PANCRATIUS Ich höre. Reden Sie.

SGANARELL Es ist so, Herr Doktor: ich ...

PANCRATIUS Aber fassen Sie sich kurz.

SGANARELL Ich fasse mich kurz.

PANCRATIUS Vermeiden Sie übermäßige Prolegomena.

SGANARELL Was soll ich vermeiden?

PANCRATIUS Floskeln und Präambeln. Ihre Rede sei apophtegmatisch und lakonisch.

SGANARELL Ich will ...

PANCRATIUS Keine Umschweife, keine Exkurse und Parenthesen.

Sganarell hat es vor Zorn »die Rede verschlagen«, er sucht Steine, um sie auf Pancratius zu werfen.

PANCRATIUS Wie? Sie ereifern sich, statt zu reden? Sie sind ja noch schlimmer als jener, der mir weismachen wollte, daß es heißen müsse: die Form des Hutes. Ich will Ihnen künftig bei jeder Gelegenheit durch schlüssige und zwingende Beweise und Argumente in Galordo und in barbara darlegen, daß Sie weiter nichts sind, waren und sein werden als ein Esel. Ich hingegen in Vergangenheit und Gegenwart und Zukunft juris utriusque Doktor Pancratius. *er kommt aus dem Haus*

SGANARELL Verdammte Plaudertasche!

PANCRATIUS Gebildet, belesen, bewandert.

SGANARELL Was noch?

PANCRATIUS Einsichtig, klarsichtig, weitsichtig, hellsichtig. *sich entfernend* Erfahren in den Naturwissenschaften, in den moralischen und politischen Wissenschaften. *sich nähernd* Gelehrt, gelehrter, am gelehrtesten per omnes modos und casus. *sich entfernend* Superlativissime vertraut in fabulis, rebus mytologiae et legendarum. *sich nähernd* Rhetoriker, Grammatiker, Historiker, Dramatiker, Pandektiker, Dialektiker, Jurist, Sophist, Eklektiker. *sich entfernend* Mathematiker, Arithmetiker,

Statiker, Geometriker, Physiker, Metaphysiker, Ästhetiker. *sich nähernd* Kosmologe, Geologe, Astronom, Anatom, Astrologe. *sich entfernend* Physiologe, Psychologe, Phrenologe, Pädagoge, Theologe, Balneologe, Paläontologe, Physiognom, Gastronom, Zoologe, Ornithologe, Dämonologe . . .

SGANARELL *allein* Der Kuckuck soll die Gelehrten holen, die alles gelernt haben, nur nicht Zuhören! – Die Leute haben wirklich recht, wenn sie sagen, daß sein Meister Aristoteles nur ein Schwätzer war. – Jetzt werde ich den anderen aufsuchen, der ist ruhiger und vernünftiger. He – holla –

Fünfte Szene

Marphurius, Sganarell

MARPHURIUS Was wünschen Sie von mir, Herr Sganarell?

SGANARELL Herr Doktor, ich komme zu Ihnen, denn ich hätte gern Ihren Rat in einer kleinen Angelegenheit, die mich betrifft. *für sich* Jetzt geht's besser. Der hört den Leuten zu.

MARPHURIUS Herr Sganarell, ich bitte Sie, sich anders auszudrücken. Unsere Philosophie schreibt uns vor, niemals Tatsachen anzuerkennen, in unseren Reden die Ungewißheit walten zu lassen und unser Urteil jeweils in der Schwebe zu halten. Sie dürfen also nicht sagen: »Ich komme zu Ihnen«, sondern: »Es scheint mir, daß ich gekommen bin.«

SGANARELL Es scheint mir?

MARPHURIUS Ja.

SGANARELL Zum Donnerwetter, natürlich scheint es mir, wenn es so ist.

MARPHURIUS Nein; das eine ergibt sich nicht zwangsläufig aus dem andern. Etwas kann Ihnen auch scheinen, wenn es nicht so ist.

SGANARELL Wieso? Ist denn nicht wahr, daß ich gekommen bin?

MARPHURIUS Das ist ungewiß. Man muß an allem zweifeln.

SGANARELL Was heißt das? Bin ich nicht hier, sprechen Sie nicht mit mir?

MARPHURIUS Es scheint mir, als wären Sie hier, und es scheint mir, als spräche ich zu Ihnen. Aber es bleibt ungewiß, ob es so ist.

SGANARELL Teufel noch mal, machen Sie doch keine Witze, bitte! Da bin ich, und da sind Sie, da sind wir beide, ganz ohne jedes »mir scheint«. Lassen wir diese Spitzfindigkeiten sein, ich bitte Sie, und reden wir über meine Angelegenheit. Ich bin zu Ihnen gekommen, um Ihnen zu sagen, daß ich heiraten möchte.

MARPHURIUS Davon weiß ich nichts.

SGANARELL Aber ich sage es Ihnen.

MARPHURIUS Das kann sein.

SGANARELL Das Mädchen, das ich heiraten will, ist jung und schön.

MARPHURIUS Schon möglich.

SGANARELL Ist es richtig oder unrichtig, daß ich sie heirate?

MARPHURIUS Entweder oder.

SGANARELL *für sich* Jetzt geht das in einem anderen Ton genau so weiter. *Zu Marphurius* Ich frage, ob es richtig ist, daß ich das betreffende Mädchen heirate.

MARPHURIUS Je nachdem.

SGANARELL Ist es richtig?

MARPHURIUS Das kommt darauf an.

SGANARELL Ich flehe Sie an, antworten Sie mir, wie sich's gehört.

MARPHURIUS Eben das ist meine Absicht.

SGANARELL Ich bin diesem Mädchen sehr zugetan.

MARPHURIUS Durchaus denkbar.

SGANARELL Der Vater hat sie mir versprochen.

MARPHURIUS Das könnte stimmen.

SGANARELL Aber ich fürchte, daß sie mich betrügen wird.

MARPHURIUS So etwas kommt vor.

SGANARELL Was sagen Sie dazu?

MARPHURIUS Es ist nicht ausgeschlossen.

SGANARELL Aber was täten Sie an meiner Stelle?

MARPHURIUS Das weiß ich nicht.

SGANARELL Und was raten Sie mir an? Was soll ich tun?

MARPHURIUS Was Sie wollen.

SGANARELL Jetzt reißt mir die Geduld.

MARPHURIUS Ich wasche meine Hände in Unschuld.

SGANARELL Zum Teufel mit dem alten Stubenhocker!

MARPHURIUS Wie es kommt, so wird es sein.

SGANARELL Verwünschter Folterknecht! Ich werde jetzt andere Saiten aufziehen, du Hund von einem Philosophen!

Er schlägt ihn

MARPHURIUS Ah! ah! ah!

SGANARELL Jetzt hast du den Lohn für dein Gewäsch – jetzt ist's mir leichter.

MARPHURIUS Was untersteht sich der Kerl?! Mich so zu mißhandeln! Wer wagt es, einen Philosophen wie mich zu prügeln?

SGANARELL Vermeiden Sie, bitte, diese Ausdrucksweise. Man muß an allem zweifeln, nicht wahr? Also dürfen Sie nicht sagen, daß ich Sie geprügelt habe, sondern nur, daß es Ihnen scheint, als hätte ich Sie geprügelt.

MARPHURIUS Gleich gehe ich auf das Kommissariat und verklage Sie wegen öffentlicher Gewalttätigkeit.

SGANARELL Ich wasche meine Hände in Unschuld.

MARPHURIUS Man sieht ja alle blauen Flecken.

SGANARELL Das könnte sein.

MARPHURIUS Du hast mich so zugerichtet!

SGANARELL Das wäre nicht undenkbar.

MARPHURIUS Ich lasse dich verhaften.

SGANARELL Davon weiß ich nichts.

MARPHURIUS Du wirst verurteilt.

SGANARELL Wie es kommt, so wird es sein.

MARPHURIUS Warte nur!

SGANARELL *allein* Nicht ein vernünftiges Wort ist aus so einem Hundekerl herauszubekommen, und man ist nachher genauso gescheit wie vorher. Aber was tu' ich jetzt in meiner Ratlosigkeit, wenn ich die Folgen der Heirat nicht absehe? War je ein Mensch in solcher Verlegenheit? Oh, da kommen Zigeunerinnen – von denen will ich mir die Zukunft weissagen lassen.

Sechste Szene

Zwei Zigeunerinnen, Sganarell

Die beiden Zigeunerinnen treten singend, tanzend und tambourinspielend auf

SGANARELL Oh, die sind lustig! – Hört einmal, ihr beiden, kann man sich von euch die Zukunft vorhersagen lassen?

ERSTE ZIGEUNERIN Ja, Herr, ja, wir können sagen alle zwei.

ZWEITE ZIGEUNERIN Der Herr müssen nur geben Hand mit Goldstück drin, dann wir sagen voraus, was ist gut zu wissen.

SGANARELL Hier habt ihr alle beide, was ihr verlangt.

ERSTE ZIGEUNERIN Du haben gut Gesicht, lieber Herr, sehr gut Gesicht.

ZWEITE ZIGEUNERIN Ja, gut Gesicht, Gesicht von Mann, was einmal wird etwas sein.

ERSTE ZIGEUNERIN Du werden sein bald verheiraten, lieber Herr, du bald werden sein verheiraten.

ZWEITE ZIGEUNERIN Du heiraten liebe Frau, lieber Herr, sehr liebe Frau.

ERSTE ZIGEUNERIN Ja, Frau, was wird geliebt sein, geliebt von alle Welt.

ZWEITE ZIGEUNERIN Frau, was dir werden machen viel Freundschaft, lieber Herr, was dir werden machen viel Freundschaft.

ERSTE ZIGEUNERIN Frau, was dir werden bringen Segen ins Haus.

ZWEITE ZIGEUNERIN Frau, was werden machen, daß über dich reden alle Leute.

ERSTE ZIGEUNERIN Du werden sein sehr beliebt bei Frau, lieber Herr, sehr beliebt bei Frau.

SGANARELL Das ist schön; aber sagt mir, bitte: wird sie mich betrügen?

ZWEITE ZIGEUNERIN Betrügen?

SGANARELL Ja.

ERSTE ZIGEUNERIN Betrügen?

SGANARELL Ja, wird sie mich betrügen?

Die beiden Zigeunerinnen singen und tanzen.

SGANARELL Himmelherrgott, das ist doch keine Antwort. Kommt her! Ich frage euch: wird sie mich betrügen?

ZWEITE ZIGEUNERIN Betrügen?

SGANARELL Ja, werde ich betrogen werden?

ERSTE ZIGEUNERIN Betrogen werden?

SGANARELL Ja oder nein?

Die beiden gehen singend und tanzend ab.

SGANARELL Die verfluchten Hexen können meine Zweifel auch nicht zerstreuen. Aber ich muß wissen, was mir im Ehestand bevorsteht! Jetzt gehe ich zu dem berühmten Zauberer – dem muß man nur sagen, was man sehen will, und er läßt es einen sehen. So ein großer Zauberer ist er. Ich will mit eigenen Augen sehen . . .

Siebente Szene

Dorimène, Lycaste, Sganarell

LYCASTE Wie, schöne Dorimène, das sagen Sie in allem Ernst?

DORIMÈNE Ja, in allem Ernst.

LYCASTE Es ist beschlossen, daß Sie heiraten?

DORIMÈNE Es ist beschlossen.

LYCASTE Und schon heute abend findet die Hochzeit statt?

DORIMÈNE Schon heute abend.

LYCASTE O Grausame, Sie können vergessen, wie sehr ich Sie liebe und was Ihre Reden mir zu verheißen schienen?

DORIMÈNE Nein, durchaus nicht. Ich schätze Sie nach wie vor, und meine Heirat braucht Sie nicht zu beunruhigen. Denn ich heirate diesen Herrn nicht aus Liebe. Einzig und allein sein Vermögen veranlaßte mich, seinen Antrag anzunehmen. Ich bin ja mittellos, auch Sie besitzen nichts, und Sie wissen, daß nur Reichtum das Leben angenehm zu gestalten vermag. Daher muß man sich um jeden Preis Mittel zu verschaffen trachten. So habe ich diese sich bietende Gelegenheit, vermögend zu werden, ergriffen, in der Zuversicht, den Greis, den ich mir zu diesem Zweck ausgesucht habe, bald wieder loszusein. Er wird sicherlich nicht mehr lange leben, er hat höchstens noch ein halbes Jahr in sich. Ich verbürge mich dafür, daß er innerhalb dieser Frist stirbt, ich werde also den Himmel nicht allzulange vergeblich anflehen müssen, mir die Segnungen des Witwenstandes zuteilwerden zu lassen – Oh – wir haben gerade über dich gesprochen und dir alles Gute nachgesagt, das man über dich nur sagen kann.

LYCASTE Ist es dieser Herr ...

DORIMÈNE Ja, dieser Herr nimmt mich zur Frau.

LYCASTE Gestatten Sie mir, mein Herr, Sie zu Ihrer Heirat zu beglückwünschen und Ihnen bei diesem Anlaß meine ergebensten Dienste anzutragen. Sie heiraten ganz ohne Zweifel eine höchst ehrenwerte Dame. Und Sie, mein Fräulein, können versichert sein, daß ich mich über die Wahl, die Sie getroffen haben, mit Ihnen freue. Sie hätten sich nicht günstiger entscheiden können, denn der Herr sieht ganz so aus wie der vorbildliche Gatte, den man sich wünscht. Ja, mein Herr, ich möchte mich mit Ihnen anfreunden und recht bald den Reigen gegenseitiger Besuche und anderer Zerstreuungen eröffnen.

DORIMÈNE Sie erweisen uns beiden zuviel Ehre, mein Herr. Doch die Zeit drängt – gehen wir – wir werden ja noch Gelegenheit haben, uns nach Herzenslust miteinander zu unterhalten.

SGANARELL *allein* Jetzt ist mir das Heiraten endgültig verleidet. Ich glaube, ich gehe und lasse mir mein Wort zurückgeben. Einiges hat mich die Sache ja schon gekostet – aber das verliere ich lieber, ehe ich mich auf etwas viel Ärgeres einlasse. Nur schnell und geschickt aus dieser Sache aussteigen.

Achte Szene

Alcantor, Sganarell

ALCANTOR Seien Sie mir gegrüßt, lieber Schwiegersohn!

SGANARELL Ihr Diener, mein Herr.

ALCANTOR Sie kommen, um den Kontrakt zu unterzeichnen?

SGANARELL Verzeihen Sie; ich ...

ALCANTOR Ich versichere Ihnen, daß auch ich diesen Augenblick voll Ungeduld erwarte.
erwarte diesen Augenblick voll Ungeduld.

SGANARELL Ich habe etwas anderes im Sinn.

ALCANTOR Alle Vorbereitungen für das Fest sind bestens getroffen.

SGANARELL Das meine ich nicht.

ALCANTOR Musikanten sind bestellt, die Tafel ist gerichtet, die Braut wird Sie festlich gekleidet empfangen.

SGANARELL Nicht das führt mich hierher.

ALCANTOR Sie werden sehr zufrieden sein, und nichts kann Ihre Zustimmung verzögern.

SGANARELL Mein Gott, es ist etwas anderes.

ALCANTOR Treten Sie ein, lieber Schwiegersohn!

SGANARELL Ich muß Ihnen etwas sagen.

ALCANTOR Ich bitte Sie, machen wir doch keine Umstände! Schnell, kommen Sie!

SGANARELL Nein, sage ich; vorher muß ich mit Ihnen noch reden.

ALCANTOR Sie wünschen mir etwas zu sagen?

SGANARELL Ja.

ALCANTOR Und was?

SGANARELL Herr Alcantor, ich habe um die Hand Ihrer Tochter gebeten, das stimmt, und Sie haben eingewilligt. Aber ich bin in allzu vorgerückten Jahren und ich finde, daß ich nicht zu ihr passe.

ALCANTOR Mit Verlaub – Sie gefallen meiner Tochter so, wie Sie sind. Und ich zweifle nicht, daß meine Tochter an Ihrer Seite ein höchst zufriedenes Leben führen wird.

SGANARELL Eben nicht. Ich bin entsetzlich launenhaft – sie würde unter meiner unerträglichen Reizbarkeit schrecklich zu leiden haben.

ALCANTOR Meine Tochter ist überaus verträglich. Sie werden sehen, wie sie sich Ihnen in jeder Hinsicht anpassen wird.

SGANARELL Ich habe etliche körperliche Gebrechen – die müssen sie abstoßen.

ALCANTOR Ach was; keiner anständigen Frau ist ihr Gatte zuwider.

SGANARELL Soll ich ganz offen zu Ihnen sprechen? Ich rate Ihnen dringend ab, sie mir zu geben.

ALCANTOR Das soll wohl ein Scherz sein? Lieber sterbe ich, als daß ich nicht zu meinem Wort stehe!

SGANARELL Mein Gott, wenn ich es Ihnen zurückgebe und ...

ALCANTOR Nimmermehr! Ich habe sie Ihnen versprochen, und Sie sollen sie bekommen, all den anderen zum Trotz, die sich um sie bewerben.

SGANARELL *für sich* Teufel noch einmal!

ALCANTOR Denn, nicht wahr, ich empfinde für Sie besondere Zuneigung und Hochachtung; ich würde sogar einen Prinzen abweisen und meine Tochter lieber Ihnen geben.

SGANARELL Herr Alcantor, ich weiß diese Ehre gewiß zu schätzen, aber ich erkläre Ihnen, daß ich nicht heiraten will.

ALCANTOR Sie?

SGANARELL Ich.

ALCANTOR Und warum?

SGANARELL Warum? Weil ich glaube, daß ich für den Ehestand nicht geeignet bin, und weil ich es so halten möchte wie mein Vater und meine Vorfahren, die alle nicht heiraten wollten.

ALCANTOR Gut denn – der Wille des Menschen ist frei. Ich wünsche niemanden zu etwas zu zwingen. Sie haben sich verpflichtet, meine Tochter zu heiraten, alles ist für die Feier vorbereitet, doch da Sie nun Ihr Wort zurückzunehmen wünschen, will ich sehen, was man da tun kann. Sie werden bald von mir hören.

SGANARELL *allein* Der Mann ist vernünftiger, als ich gedacht habe. Mir war angst und bange, daß es viel schwieriger rückgängig zu machen sein würde, Weiß der Himmel: wenn ich es recht überlege, war es sehr gescheit von mir, diese Sache sein zu lassen. Was ich da um ein Haar getan hätte, Gott weiß, wie lange ich es vielleicht hätte bitter bereuen müssen. Da kommt der Bruder und bringt mir die Antwort.

Neunte Szene

Alcidas, Sganarell

ALCIDAS *immer überfreundlich* Mein Herr, ich bin Ihr ganz ergebener Diener.

SGANARELL Ich bin von ganzem Herzen der Ihre, mein Herr.

ALCIDAS Mein Vater sagte mir, mein Herr, daß Sie die Absicht hätten, sich des von Ihnen gegebenen Wortes entbinden zu lassen.

SGANARELL Ja, mein Herr, ich bedaure es sehr ... daß ich ...

ALCIDAS Oh, mein Herr, das ist weiter nicht schlimm.

SGANARELL Es tut mir leid; und Sie können versichert sein, daß es mein Wunsch wäre ...

ALCIDAS Es ist nichts dabei, sage ich. *Hält ihm zwei Degen hin.* Wollen Sie die Gnade haben, einen von diesen beiden Degen auszuwählen.

SGANARELL Von diesen beiden Degen?

ALCIDAS Ja, wenn ich darum bitten darf.

SGANARELL Wozu denn?

ALCIDAS Da Sie, mein Herr, sich weigern, meine Schwester, die Ihr Wort hat, zu heiraten, meine ich, daß Sie mein höfliches Anerbieten berechtigt finden werden.

SGANARELL Was denn?

ALCIDAS Andere Leute würden Lärm schlagen und sich in Beschimpfungen ergehen; aber uns beiden steht es besser an, die Dinge in aller Freundlichkeit zu bereinigen. So sage ich Ihnen denn mit dem gebotenen Anstand, daß wir einander, wenn es Ihnen recht ist, gegenseitig erstechen werden.

SGANARELL Das ist aber eine sonderbare Höflichkeit.

ALCIDAS Bitte, mein Herr, bedienen Sie sich gefälligst.

SGANARELL Ich bedanke mich für das Erstechen! Wie kann man denn so schreckliche Dinge sagen?!

ALCIDAS Mein Herr, haben Sie, bitte, die Güte, es ist unumgänglich.

SGANARELL Behalten Sie Ihr höfliches Anerbieten für sich, ich bitte Sie!

ALCIDAS Flugs ans Werk, mein Herr. Ich habe nicht viel Zeit – ein dringendes Geschäft treibt mich zur Eile.

SGANARELL Ich will aber nicht.

ALCIDAS Sie wollen sich mit mir nicht schlagen?

SGANARELL Nein, gewiß nicht.

ALCIDAS Ihr letztes Wort?

SGANARELL Mein letztes Wort.

ALCIDAS *ihn mit Stockschlägen traktierend* So – dann haben Sie jetzt also auch keinen Grund, sich zu beklagen, denn Sie sehen, daß alles so vor sich geht, wie es sich gehört. Sie brechen Ihr Wort – ich will mich mit Ihnen schlagen – Sie lehnen es ab, sich zu schlagen – ich prügle Sie – – der Form ist durchaus Genüge getan. Und Sie sind gewiß anständig genug, mein Vorgehen gutzuheißen.

SGANARELL Das ist ja der reinste Satan!

ALCIDAS Und nun, mein Herr, erweisen Sie sich als wahrer Kavalier und lassen Sie sich nicht weiter nötigen.

SGANARELL Was denn? Was denn?

ALCIDAS Mein Herr, ich zwinge niemanden. Sie haben die freie Wahl: wollen Sie sich schlagen oder meine Schwester heiraten?

SGANARELL Weder noch, mein Herr, das können Sie mir glauben.

ALCIDAS Sicher nicht?

SGANARELL Sicher nicht.

ALCIDAS *ihn neuerlich prügelnd* Dann, mit Ihrer gütigen Erlaubnis . . .

SGANARELL Ah! ah! ah! ah!

ALCIDAS Es erfüllt mich mit aufrichtigem Bedauern, mein Herr, daß ich gezwungen bin, derart gegen Sie vorzugehen; aber ich kann nicht eher davon Abstand nehmen, als Sie mir zugesichert haben, sich zu schlagen oder meine Schwester zu heiraten.

SGANARELL Gut, ich heirate sie, ich heirate sie . . .

ALCIDAS Ich bin überglücklich, lieber Schwager, daß Sie sich endlich zur Vernunft bekehren und daß die Eintracht wiederhergestellt ist. Denn ich versichere Ihnen, daß ich keinen Bürger unserer Stadt höher schätze als Sie. Ich wäre tiefster Verzweiflung anheimgefallen, hätten Sie mich veranlaßt, gewalttätig gegen Sie zu werden. Und nun rufe ich meinen Vater und sage ihm, daß wir einig sind.

Zehnte Szene

Alcantor, Dorimène, Alcidas, Sganarell

ALCIDAS Hier, mein Vater, sehen Sie einen Mann von vorbildlicher Einsicht. Er ist zuvorkommend und großmütig – Sie können ihm meine Schwester beruhigt zur Frau geben.

ALCANTOR Hier haben Sie die Hand meiner Tochter – und so ist alles auf das Schönste besiegelt. Gepriesen sei der Himmel! Nun bin ich entlastet, und fortan sind Sie dafür verantwortlich, wie meine Tochter sich beträgt. Kommt, laßt uns diese glückliche Verbindung in größter Freude feiern!

Die gelehrten Frauen

(Les Femmes savantes)

Komödie in fünf Akten

P. Brissart d.
J. Sauvé f.
LES FEMMES SCAVANTES

Personen

CHRYSALE, ein wohlhabender Bürger
PHILAMINTE, Chrysales Frau
ARMANDE } Töchter des Chrysale und
HENRIETTE } der Philaminte
ARISTE, Bruder des Chrysale
BÉLISE, Schwester des Chrysale
CLITANDRE, in Henriette verliebt
TRISSOTIN, ein Schöngeist
VADIUS, ein Gelehrter
MARTINE, Küchenmädchen
LÉPINE, Lakai
JULIEN, Diener des Vadius
DER NOTAR

Die Handlung begibt sich in Paris

Erster Akt

Erste Szene

Armande, Henriette

ARMANDE

Den Stand des jungen Mädchens, der allen Ehre macht,
Willst du verlassen, Schwester, hast du das wohl bedacht
Und ahnst du alle Greuel und denkst nicht an Protest,
Du freust dich auf die Hochzeit, sie wird für dich ein Fest?

HENRIETTE

Ja, Schwester.

ARMANDE

Dieses Ja, wie soll man es ertragen?
Voll Ekel hör' ich dich die böse Silbe sagen.

HENRIETTE

Was hat die Ehe an sich, daß sie dir nicht behagt,
Die Ehe . . .

ARMANDE

Pfui!

HENRIETTE

Was sagst du?

ARMANDE

Ich habe Pfui gesagt.
Weißt du denn nicht – wann immer ein solches Wort erklingt,
Daß es den Geist mit Abscheu und Haß und Zorn durchdringt,

Daß es durch wüste Bilder die Phantasie verletzt
Und unsere Gedanken auf trübe Pfade hetzt?
Mußt du nicht zittern, Schwester, vermagst du deinen Sinn,
Dein Herz den bösen Folgen des Wortes zu entziehn?

HENRIETTE

Die Folgen dieses Wortes seh' ich genau voraus,
Ich sehe einen Gatten und Kinder und ein Haus
Und nichts – ich hab' gewiß darüber nachgedacht –
Und nichts, was mich verletzt und was mich zittern macht.

ARMANDE

Dich solcherart zu binden, wie, darauf freust du dich?

HENRIETTE

An meiner Stelle täte das jede so wie ich,
Sobald sie wahrhaft liebt und Gegenliebe findet,
Indem sie sich dem Liebsten als Gattin fest verbindet,
Daß die Gemeinsamkeit auf Zärtlichkeit sich gründe
Und sie ein Leben führe voll Glück und ohne Sünde.
Muß nicht auf solchem Bund der wahre Segen ruhn?

ARMANDE

Mein Gott, wie ist dein Geist verächtlich und kommun!
Welch kleine Rolle spielst du in dieser großen Welt,
Wenn dir der Zwang des Hausstands den Sinn gefangenhält.
Kann dir die Phantasie kein höheres Ziel vorgaukeln
Als: einen Gatten haben und kleine Kinder schaukeln?!
Nur für die minderen Geister, die plumpen, die gemeinen,
Ist das ein Zeitvertreib und nicht für unsereinen.
Du solltest deine Wünsche in andere Sphären heben,
Nach edlerem Genuß, nach reinen Freuden streben,
Die Welt der Gegenstände, der Sinne überwinden
Und meinem Beispiel folgen: im Geist Erfüllung finden.
Sieh doch nur unsere Mutter als Ideal vor dir,
Weithin ehrt man die kluge, gelehrte Frau in ihr;
Warum bist du denn nicht gleich ihr emporgestiegen,
Gleich mir, auf stolze Höhen, die der Familie liegen?
Weih dich der holden Lust, die jedes Herz bewegt,
Das für die Wissenschaft und für die Künste schlägt!

Beug nicht vor einem Mann in Demut stumm die Knie,
Vermähle dich doch lieber mit der Philosophie,
Die alles, was gemein und irdisch ist, negiert
Und uns das Reich erschließt, wo nur Vernunft regiert,
Um über die Natur des Viehs zu triumphieren,
Die gierig danach strebt, uns Menschen zu vertieren.
Sei stets dem edlen Dienst des Hohen zugekehrt,
Er ist so schön und macht das Leben lebenswert;
Die Mühen, denen sich die meisten Frauen weih'n,
Sie scheinen mir gering, gemein und schlimm zu sein.

HENRIETTE

Der Himmel hat uns Menschen nicht alle ausersehen,
Auf einem Weg gemeinsam durch diese Welt zu gehen,
Die Geister sind gewirkt aus grundverschiedenen Stoffen,
Nicht jeder hat den Zuschnitt zu einem Philosophen.
Der deine will sich stolz in jene Höhen schwingen,
Wo die Gelehrten kühn um die Erkenntnis ringen,
Der meine bleibt hier unten, geht, wo schon viele gingen,
Und sucht in seiner Schwäche den Halt an kleinen Dingen.
Laß uns die weise Ordnung des Himmels doch nicht stören,
Vielmehr die klaren Stimmen in unserem Innern hören.
Dir, Schwester, frommt der Flug in höhere Regionen,
Wo Denker und Gelehrte und Philosophen wohnen,
Ich will mich auf der Erde dem kleinen Alltagsleben,
Den irdischen Genüssen des Ehestands ergeben,
Und beide, sind wir auch verschiedene Naturen,
Bewegen wir uns doch auf unserer Mutter Spuren:
Mit deiner Seele du zu edlen Höhenflügen,
Mit meinen Sinnen ich zu derberem Vergnügen,
Vom Licht des Geists bestrahlt, du an des Geistes Quellen,
Ich, liebe Schwester, hier im Reich des Materiellen.

ARMANDE

Wer einem stolzen Vorbild zu gleichen sich entschließt,
Muß jene Seiten wählen, wo es erhaben ist,
Das Beispiel unserer Mutter nützt dir im Leben nie,
Wenn du dich nur so räusperst und hustest so wie sie.

HENRIETTE
Käm' unsere liebe Mutter nur dem Erhabenen nah,
Wärst du mit deiner ganzen Erhabenheit nicht da!
Zu deinem Besten, Schwester, hat sie ihr edles Leben
Nicht ohne Unterlaß der Wissenschaft ergeben,
Drum laß mich – sei so gut – hier in der Tiefe kleben,
Du könntest ohne sie nicht strahlend aufwärts streben,
Und sei nicht undankbar, wenn einst, von Gott geschickt,
Ein kleiner Philosoph das Licht der Welt erblickt.

ARMANDE
Ich seh': dein Geist ist nicht von seinem Wahn zu heilen,
Du willst mit einem Mann dein Leben künftig teilen,
Doch sag mir nur, wohin du deine Blicke lenkst,
Es ist doch nicht Clitandre, an den du dabei denkst?

HENRIETTE
Und wenn ich an ihn dächte, was wäre dran verkehrt?
Ist er denn zu gering? Ist er nicht meiner wert?

ARMANDE
Doch, aber wenn ein Jäger ein edles Wild erlegt,
Will er nicht, daß ein anderer es stolz nach Hause trägt,
Und in der großen Welt ist es doch längst bekannt:
Clitandre war für mich ganz öffentlich entbrannt.

HENRIETTE
Gewiß, doch lassen dich die Feuerbrände kühl,
In solche Niederungen sinkt niemals dein Gefühl:
Dem Band der Ehe schworst du ab für alle Zeit,
Du liebst, sofern du liebst, nur die Gelehrsamkeit.
So kannst du für Clitandre im Herzen nichts empfinden
Und weigerst mir das Recht, mein Herz an ihn zu binden?

ARMANDE
Das Reich, wo der Verstand die Sinne lenkt und zügelt,
Wird doch sehr angenehm von manchem Reiz beflügelt;
Verschmäht man auch die Ehe mit einem edlen Herrn,
Im Kreise der Verehrer sieht man ihn trotzdem gern.

HENRIETTE
Ich meinerseits, ich hab' es ihm durchaus nicht verwehrt,

Daß er dich, du Vollkommene, auch weiterhin verehrt,
Und erst als du verschmähtest, was er dir bot, erst dann
Nahm ich die treuen Dienste und Huldigungen an.

ARMANDE

Ein abgewiesener Freier und seine Schwüre, Kind,
Meinst du – ich bitte dich – daß die verläßlich sind?
Von Leidenschaft für dich siehst du ihn dir eingenommen –
Scheint dir die Glut für mich denn ganz und gar verglommen?

HENRIETTE

Er sagt es, und ich nehm's getrost als Wahrheit an.

ARMANDE

Wie kommt es, Schwester, daß man so unschuldig sein kann?!
Nimm an, wenn er dir sagt, dich liebt' er, mich vergeß' er,
Daß er's nicht recht bedenkt; er weiß es selbst nicht besser.

HENRIETTE

Das mein' ich nicht; doch wenn es dir Vergnügen macht,
Dann ist die Wahrheit wohl leicht an den Tag gebracht,
Im rechten Augenblick erscheint Clitandre eben,
Er wird gewiß sehr gern uns beiden Auskunft geben.

Zweite Szene

Clitandre, Armande, Henriette

HENRIETTE

Da mich in dieser Stunde ganz leise Zweifel plagen,
Die meine Schwester säte, will ich Ihr Herz befragen.
Sie müssen uns nun ehrlich und rückhaltlos vertrauen:
Wer von uns beiden kann auf Ihre Neigung bauen?

ARMANDE

Nein, nein, das will ich nicht; es sei Ihnen erspart,
Sich peinlich klar zu äußern auf Fragen solcher Art.
Ich bin für Rücksicht, Schonung, ich weiß, es macht verlegen,
Das innerste Gefühl ganz offen bloßzulegen.

CLITANDRE *zu Armande*

Verehrte, nein, mein Herz hat wenig zu verstecken,

Sein innerstes Gefühl kann es getrost entdecken;
Ganz frei von Peinlichkeit, Verlegenheit und Zwang,
Sag' ich, wie sich's verhält, denn mich macht's gar nicht bang,
Vor aller Welt zu zeigen, welch holdes Band mich bindet:
mit Bezug auf Henriette
Daß hier mein Wunsch sein Ziel, mein Herz die Heimat findet.
Nein, zürnen Sie mir nicht, ich mußte es gestehen,
Und nur, weil Sie's so wollten, ist alles das geschehen.
Sie hatten mich verzaubert, und mein verliebtes Schmachten
Bewies Ihnen mein Sehnen, mein Hoffen und mein Trachten;
Mein Herz verzehrte sich in stets erneuter Glut,
Doch Sie verschmähten es in stolzem Übermut,
Ich wurde hundertfach gedemütigt, bestraft,
Im Joch der Tyrannei erniedrigt und versklavt . . .
Von zuviel Pein geschwächt, sucht' ich, um mich zu retten,
Nach einer milderen Herrin und minder harten Ketten.
mit Bezug auf Henriette
In diesen Augen fand ich das Glück, das ich erstrebe,
Sie sollen mich begeistern, wie lange ich auch lebe;
Sie stillten meine Tränen mit ihrem holden Blick,
Sie wiesen den Gekränkten, Verschmähten nicht zurück.
Dies Übermaß von Huld hat mich so sehr bewegt,
Daß keine Macht mich je in andere Bande legt;
Drum darf ich wohl, Verehrte, an Sie die Bitte richten,
Auf meines Herzens Feuer in Zukunft zu verzichten.
Ich bleibe, wo ich bin, von Umkehr nicht bedroht,
Gebunden und erfüllt und treu bis in den Tod.

ARMANDE

Wer sagt Ihnen, mein Freund, daß die Vermutung stimmt,
Daß man dergleichen plant und Sie so wichtig nimmt?
Ich find' es lächerlich, daß Sie die Sorgen plagen,
Und reichlich unverschämt, daß Sie es offen sagen.

HENRIETTE

Halt, Schwester, halt, du mußt die Geistesgröße finden,
Die tierische Natur in dir zu überwinden,
Und deinen blinden Zorn gelassen unterdrücken.

ARMANDE

Und du? – was fällt dir ein? – Du meinst, es wird dir glücken,
Dich einem zu ergeben, der sagt, daß er dich liebt,
Wenn dir dein Elternpaar nicht die Erlaubnis gibt?
Dein Leben dankst du ihnen, bist ihnen untertan,
Und wen sie dir bestimmen, nimmst du als Gatten an,
Sie haben alle Rechte, und willst du dich erfrechen,
Dich selber zu entscheiden, begehst du ein Verbrechen.

HENRIETTE

Es ist von dir sehr gütig, mich über Kindespflichten
So liebevoll und gütig und zart zu unterrichten.
Mein Herz wird deine Lehren gewiß genau beachten,
Und um dir zu beweisen, daß sie mich wissend machten,
Ersuch' ich Sie, Clitandre, mein Elternpaar zu fragen,
Ob sie in Ehren ja zu unserem Bunde sagen;
Ich will, daß unsere Liebe, von allen Zweifeln frei,
Nicht Sünde, nicht Verbrechen, nein, rein und heilig sei.

CLITANDRE

Ich warte längst voll Sehnsucht auf diese Ihre Bitte
Und unternehme freudig mit Sorgfalt alle Schritte.

ARMANDE

Nun triumphierst du, Schwester, man sieht's dir förmlich an:
Du meinst, daß diese Werbung mich wütend machen kann.

HENRIETTE

Da irrst du, Schwester – nein; ich weiß ja, dein Verstand
Regiert im Reich der Sinne mit starker, fester Hand.
Dein Hang zur wahren Größe vermag dich freizusprechen
Von allen kleinen Schwächen und irdischen Gebrechen;
Fern liegt mir der Verdacht, du könntest wütend sein.
Ich bitte dich vielmehr, mir deinen Schutz zu leih'n,
Den Plan zu unterstützen – dein Urteil gilt ja viel –
So kommen wir wohl eher an das ersehnte Ziel;
Den edlen Zweck zu fördern, mußt du dich bitten lassen ...

ARMANDE

Dem armen, kleinen Geist ziemt's wahrlich nicht, zu spaßen!
Ein weggeworfenes Herz macht dich vor Glück beklommen ...

HENRIETTE
Geworfen oder nicht: du willst es auch bekommen,
Und könnte es dein Blick mir aus dem Leibe reißen,
Er würde ohne Scheu sich wild in mich verbeißen.

ARMANDE
Die Rede ist zu dumm; statt daß ich mich empöre,
Bitt ich dich: nimm zur Kenntnis, daß ich sie gar nicht höre.

HENRIETTE
Da hast du wirklich recht und offenbarst zugleich
Die edle Mäßigung in eurem stolzen Reich.

Dritte Szene

Clitandre, Henriette

HENRIETTE
Auf dieses Eingeständnis war sie wohl nicht gefaßt.

CLITANDRE
Sie muß die Wahrheit wissen, auch wenn sie ihr nicht paßt;
Dem Übermut, dem Stolz, dem aufgeblähten Sinn
Gebührt es doch zumindest, daß ich ganz offen bin.
Doch will ich Ihren Vater – nun darf ich's ja beginnen –
Sogleich . . .

HENRIETTE
Nein, klüger ist es, die Mutter zu gewinnen:
Mein Vater sagt gern ja, will niemanden verletzen,
Doch hat er wenig Kraft, Entschlüsse durchzusetzen;
Der Himmel machte ihn so mild und seelengut,
Daß er der Ehefrau stets ihren Willen tut;
Sie spricht im Ton des Herrschers, der sich Respekt verschafft,
Und was ihr in den Sinn kommt, hat gleich Gesetzeskraft.
Oh, wenn sich doch ihr Herz zu ihr und meiner Tante
Den rechten Weg geschickt, entgegenkommend bahnte,
Auf ihre Eigenschaften verehrungsvoll einginge,
So daß der Geist der beiden für Sie schnell Feuer finge!

CLITANDRE

Mein Herz war nie imstande, zu täuschen und zu heucheln,
Nicht einmal Ihrer Schwester vermochte ich zu schmeicheln. –
Die Frau auf dem Katheder scheint fehl am Ort zu sein.
Daß manche sehr viel weiß, räum' ich natürlich ein,
Doch will sie den Gelehrten und Professoren gleichen,
Wird sie bei mir nur Spott und Abneigung erreichen;
Wenn eine Frage auftaucht, soll sie verstehen, zu schweigen,
Soll wissen: was sie weiß, muß sie der Welt nicht zeigen,
Und ist sie selbst gelehrt, soll sie's uns nicht entdecken
Und lernen, das Gelernte gelehrig zu verstecken,
Soll uns nicht mit Zitaten berühmter Dichter plagen
Und nicht beim kleinsten Anlaß die größten Worte sagen.
Ich schätze Ihre Mutter gewiß, ich achte sie,
Jedoch für ihre Grillen fehlt mir die Sympathie,
Ich kann mich nicht erwärmen für diese Art von Geist,
Zumal für ihren Abgott, den sie vor allen preist.
Da mich Herr Trissotin beklemmt, bedrückt, entsetzt,
Bin ich ganz außer mir, daß sie ihn derart schätzt;
Den Kerl, für dessen Werke es sonst nur Pfiffe gibt,
Von dem man auf den Märkten so manches Manuskript,
Um Waren einzupacken, benützte mit Gewinn,
Stellt sie als einen großen und edlen Autor hin.

HENRIETTE

Auch ich find' alles öde, was er auch schreibt und spricht,
Ich bin ganz Ihrer Ansicht und widerspreche nicht;
Doch über meine Mutter besitzt er große Macht,
Drum wäre etwas Nachsicht bei Ihnen angebracht.
Wer liebt, soll seiner Wünsche Erfüllung fest begründen
Und sich mit aller Welt darum so fest verbünden,
Daß nicht ein Wesen sich der Neigung widersetze
Und ihn sogar der Hund im Haus der Liebsten schätze.

CLITANDRE

Gewiß, Sie haben recht; doch maßlos ist mein Zorn;
Den Menschen nicht zu hassen – die Mühe ist verlor'n.
Um seine Gunst zu buhlen, fühl' ich mich außerstande,

Das, was er schreibt, zu rühmen, empfinde ich als Schande.
Durch diese Musenkinder kam er mir erstmals nah,
Ich hab' ihn schon gekannt, noch ehe ich ihn sah,
Die öde Sudelei entstellte das Papier,
Da stand er schon ganz so, wie er sich gibt, vor mir:
Die Selbstgerechtigkeit und die Unfehlbarkeit,
Die Überheblichkeit, die dumme Eitelkeit,
Die Dünkelhaftigkeit und die Gottähnlichkeit,
Die vor sich selber kniet und sich Altäre weiht,
Die Dankgebete anstimmt, was immer er auch tut,
In Weihrauchschwaden hüllt, was er zu tun geruht,
Die Lob und Preis beansprucht, hoch auf dem Piedestal,
Mehr Ruhm begehrt als selbst der größte General.

HENRIETTE

Man braucht wohl gute Augen, um alles das zu sehen.

CLITANDRE

Bei der Lektüre konnte mein Blick noch weiter gehen:
Ich las in seinen Versen das törichte Gesicht,
Die dünkelhaften Züge, aus denen Einfalt spricht,
Ja, schon durch seine Werke war er mir ganz bekannt,
So daß ich, als einmal ein Laffe vor mir stand,
Ganz sicher war, daß er nur Trissotin sein kann,
Ich wettete sogar darauf – und ich gewann.

HENRIETTE

Ein schönes Märchen!

CLITANDRE

Nein, so war es, ganz genau,
Doch da kommt Ihre Tante, nun gilt's, die gute Frau
Sogleich in das Geheimnis der Herzen einzuweihn,
Sie soll bei Ihrer Mutter dann unser Fürsprech sein.

Vierte Szene

Clitandre, Bélise

CLITANDRE

Verzeihen Sie es, bitte, wenn ein verliebter Mann

Die Neigung seines Herzens nicht mehr verbergen kann
Und diesen Augenblick, da wir ganz ungestört ...

BÉLISE

Wie das?! – Solch ein Geständnis ist wirklich unerhört!
Daß Sie in mich verliebt sind, tun Sie mir, bitte, kund
Durch schmachtend holde Blicke und nicht durch Ihren Mund.
Auf diese Art allein darf man mir Wünsche zeigen,
Die meine Ehre kränken: nur durch beredtes Schweigen.
Verbrennen Sie vor Sehnsucht, verliebt und hingerissen,
Doch mir sei es gestattet, dies alles nicht zu wissen,
Ich drück' die Augen zu, auch wenn Sie Feuer fingen,
Sofern Sie mir Ihr Lodern nur stumm zur Kenntnis bringen;
Doch wehe Ihnen, wenn Sie die Lippen einbeziehen,
Dann müssen Sie für immer aus meiner Nähe fliehen.

CLITANDRE

Verehrte, keine Angst vor meines Herzens Streben,
Dem Zauber Henriettes hat es sich ganz ergeben,
Ich möchte Ihre Gunst mit Leidenschaft erflehen
Und unseren Herzensbund durch Sie gefördert sehen.

BÉLISE

Aha – ich muß schon sagen: Die Finte ist voll Geist,
Der feine Gegenzug verdient, daß man ihn preist;
In sämtlichen Romanen, soviele ich gelesen,
Ist nie ein Held nur halb so schlagfertig gewesen.

CLITANDRE

Es ist kein Winkelzug, kein Schwindel, keine List,
Mein Herz spricht klar und wahr und sagt nur das, was ist;
Der Himmel hat's gewollt: ein unlösbares Band
Eint mich mit Henriette – drum will ich Herz und Hand
Dem Liebreiz Henriettes für alle Zeiten weih'n,
Will bald mit Henriette vereint fürs Leben sein;
Sie können unserer Sache durch Ihren Beistand nützen,
Mit Ihrem großen Einfluß die Werbung unterstützen.

BÉLISE

Ich hör' aus Ihren Worten den eigentlichen Sinn,
Und wenn Sie sagen »Werbung«, weiß ich, woran ich bin;

Und wollt' ich auf das Spiel, das Sie so tollkühn wagen,
Nun eingehen, würde ich als Antwort dieses sagen:
Die eine, die Sie lieben, wird keinem sich verbinden,
Man darf nur für sie glühen, doch nie Erhörung finden.

CLITANDRE

Weshalb verwirren Sie mich und schüchtern Sie mich ein,
Wer gibt Ihnen das Recht, mir das zu prophezei'n?

BÉLISE

Genug, Sie können sich das Leugnen künftig sparen,
Durch Ihre Blicke hab' ich ja alles längst erfahren;
Es mag Ihnen genügen, daß mir die Art behagte,
Wie Ihr Gefühl sich mir geschickt zu nähern wagte,
Daß ich die Form durchschaue, in der es sich mir zeigt,
Dem Willen, es zu dulden, nicht eben abgeneigt,
Sofern man meine Ehre in keinerlei Gefahr bringt
Und am Altar des Herzens nur reine Wünsche darbringt.

CLITANDRE

Jedoch . . .

BÉLISE

Nein, nein, genug; nun ist wohl alles klar,
Ich sagte schon viel mehr, als meine Absicht war.

CLITANDRE

Ihr Irrtum . . .

BÉLISE

Lassen wir's, ich sterbe fast vor Scham,
Daß ich mich gehen ließ, mich derart frei benahm.

CLITANDRE

Wenn ich Sie liebe, soll man mich hängen, Sie verdrehen . . .

BÉLISE

Ich möchte nichts mehr hören – kein Wort – auf Wiedersehen!

Sie geht

CLITANDRE

Der Teufel hol die Närrin! Was bildet sie sich ein?
Sah man schon solche Flausen und Hirngespinste? Nein!
Ich gehe einen anderen um seinen Beistand an
Und suche mir als Helfer nun einen klugen Mann.

Zweiter Akt

Erste Szene

Ariste

ARISTE *die ersten Sätze zu dem hinter der Szene befindlichen Clitandre sprechend*
Jawohl – sobald als möglich bekommen Sie Bericht –
Ich werde werben, drängen – nein, ich erlahme nicht! –
Wie ein verliebter Mann doch nie ein Ende findet
Und glühend das ersehnt, was ihn auf ewig bindet!
Und niemals . . .

Zweite Szene

Chrysale, Ariste

ARISTE
Sei gegrüßt, mein Bruder!

CHRYSALE
Gott zum Gruß,
Mein Bruder!

ARISTE
Ahnst du wohl, was ich dir sagen muß?

CHRYSALE
Nein, aber wenn du willst, bin ich zu hören bereit.

ARISTE
Du kennst doch Herrn Clitandre, und zwar schon lange Zeit?

CHRYSALE
Gewiß, ich kenn' ihn gut, er ist ja sehr oft hier.

ARISTE
Und sag, in welchem Licht erscheint Clitandre dir?

CHRYSALE
Er ist ein Ehrenmann mit Herz und mit Verstand,
Kaum weiß ich, ob ich je schon seinesgleichen fand.

ARISTE

Da mich sein Herzenswunsch in deine Nähe führt,
Bin ich von diesem Wort sehr angenehm berührt.

CHRYSALE

Ich war mit seinem Vater in Rom, 's ist lange her.

ARISTE

Gut!

CHRYSALE

Niemand war so edel, so freundschaftlich wie er.

ARISTE

Sehr gut!

CHRYSALE

Wir waren damals noch beide jung an Jahren
Und suchten, alle Freuden des Lebens zu erfahren.

ARISTE

Gut! Sehr gut!

CHRYSALE

Und wie wild nach Römerinnen her
Und wegen unserer Streiche bei allen populär,
Von manchem Mann beneidet . . .

ARISTE

Gut! Sehr gut! Wunderbar!
Nun mach' ich dir die Sache, die mich hierherführt, klar.

Dritte Szene

Bélise (unbemerkt), Chrysale, Ariste

ARISTE

Als Sprecher für Clitandre bin ich zu dir gesandt,
Er ist für Henriette in Liebesglut entbrannt.

CHRYSALE

Für meine Tochter?

ARISTE

Ja, sie hat sein Herz berückt,

Noch nie war ein Verliebter so ganz und gar entzückt.

BÉLISE *tritt zu den beiden*

Nein, nein! – Ich hab's gehört! – Ihr wißt ja nicht, was war,
Der wahre Sachverhalt ist euch nicht offenbar!

ARISTE

Wie, Schwester, wie?

BÉLISE

Clitandre hat dich voll List betrogen,
Von einem anderen Wesen fühlt er sich angezogen.

ARISTE

Du scherzt! Nicht Henriette hat er sich auserkoren?

BÉLISE

Nicht sie – ich weiß es sicher.

ARISTE

Er hat es mir geschworen.

BÉLISE

Mag sein.

ARISTE

Drum kam ich eben – den Auftrag gab er mir –
Um ihre Hand zu bitten bei unserem Bruder hier.

BÉLISE

Sehr gut!

ARISTE

Er war so eifrig, er hat mich angefleht,
Die Hochzeit zu erwirken, so schnell es irgend geht.

BÉLISE

Noch besser! Nein, man kann nicht rücksichtsvoller sein.
Ganz unter uns: Henriette verehrt er nur zum Schein,
Das Feuer zu verbergen, das wirklich in ihm brennt
Und dessen Ursprung, Bruder, nur deine Schwester kennt.
Und gern, ihr lieben beiden, erleucht' ich euren Geist.

ARISTE

Ja, sag uns, beste Schwester, da du so vieles weißt,
Ich bitte dich, wen liebt er, wer ist das Wesen, sprich!

BÉLISE

Wollt ihr es wissen?

ARISTE

Ja doch!

BÉLISE

Mich liebt er.

ARISTE

Dich?

BÉLISE

Ja, mich.

ARISTE

Oho!

BÉLISE

Ich muß schon bitten, was meinst du mit »oho«?
Das, was ich dir berichte, das überrascht dich so?
Ich bin von jener Art, nach der die Männer trachten,
Aus einem Stoff gewirkt, nach dem so viele schmachten,
Damis erweist's, Dorante, Cléonte und Lycidas,
Daß man nicht ohne Wunsch auf deine Schwester sah.

ARISTE

Die alle lieben dich?

BÉLISE

Jawohl, mit höchster Kraft.

ARISTE

Sie haben dir's gesagt?

BÉLISE

Sie sind nicht lasterhaft:
Sie blicken zu mir auf, verehren mich versteckt,
Noch keiner hat sein Herz in Worten mir entdeckt,
Doch daß er es in Demut nur meinen Diensten weiht,
Macht jeder offenbar trotz größter Heimlichkeit.

ARISTE

Man sieht Damis doch nie die Schwelle überschreiten.

BÉLISE

Dadurch bewahrt er mich vor Ungelegenheiten.

ARISTE

Wo immer man ihn trifft, beschimpft Dorante dich kräftig.

BÉLISE

Das ist die Eifersucht, sie plagt ihn gar zu heftig.

ARISTE
Cléonte und Lycidas, die schlossen jüngst die Ehe.
BÉLISE
Weil ich sie nicht erhörte – aus übergroßem Wehe.
ARISTE
Welch eine Phantasie – sie treibt die schönsten Blüten!
CHRYSALE *zu Bélise*
Du solltest dich – verzeih! – vor Hirngespinsten hüten.
BÉLISE
Das nennt ihr Phantasie, das schimpft ihr Hirngespinste,
Mißachtet meinen Rat, belächelt meine Dienste?
So wird's euch recht sein, wenn ich aus diesen Räumen flieh'
Mit meinen Hirngespinsten und meiner Phantasie.

Vierte Szene

Chrysale, Ariste

CHRYSALE
Die Arme ist verrückt.
ARISTE
Ja, täglich mehr und mehr!
Zurück nun zu Clitandre; er schickte mich hierher,
Er wirbt um Henriette, die er so innig liebt,
Wie steht es um die Antwort, die ihm der Vater gibt?
CHRYSALE
Mußt du das denn noch fragen? Wie könnt' ich widerstreben,
Solch einem Schwiegersohn mein liebes Kind zu geben?!
ARISTE
Du weißt: er hat an Gütern nicht solchen Überfluß,
Daß er ...
CHRYSALE
Ein Umstand, den man nicht wichtig nehmen muß!
Er ist ja reich an Tugend, und das ist wesentlich,
Auch war sein lieber Vater für mich ein zweites Ich.

ARISTE

Nun wollen wir deine Frau beherzt, geschickt und klug
Bestimmen, daß auch sie ...

CHRYSALE

Mein Jawort ist genug.

ARISTE

Gewiß, mein lieber Bruder, doch um dies Ja zu stützen,
Wird ihre Zustimmung uns ohne Zweifel nützen,
Und drum ...

CHRYSALE

Ist das dein Ernst? Ich seh' da keinen Sinn –
Das Wort des Gatten bindet doch beide: sie und ihn.

ARISTE

Ja; doch ...

CHRYSALE

Laß mich nur machen – verzeih – ich bring' sofort
Die Angelegenheit in Ordnung durch ein Wort.

ARISTE

So sag' ich Henriette, wie ihre Sache steht,
Und dann ...

CHRYSALE

So sicher wie das Amen im Gebet.
Ich setze meine Frau jetzt unverweilt ins Bild.

Fünfte Szene

Martine, Chrysale

MARTINE

O je, mein Gott, o je – ja, ja, das Sprichwort gilt:
Wenn man die Herrschaft meint, verprügelt man den Hund!
Und: Soll der Diener leiden, ist nur der Herr gesund!

CHRYSALE

Was hast du denn? Was ist?

MARTINE

Mit mir, Herr?

CHRYSALE

Ja, mit dir.

Ja, was?

MARTINE

Ja, was, Herr? Das: den Laufpaß gibt sie mir.

CHRYSALE

Den Laufpaß?

MARTINE

Laufpaß, sagt sie – die Frau schmeißt mich hinaus.

CHRYSALE

Warum?

MARTINE

»Treff' ich dich«, sagt sie, »noch einmal da im Haus,
Dann sind dir«, sagt sie, »Hiebe mit einem Stock beschieden.«

CHRYSALE

Nein, nein, du bleibst bei uns, ich bin mit dir zufrieden.
Sie ist ein wenig hitzig, bisweilen, deine Herrin.
Und ich will keinesfalls ...

Sechste Szene

Philaminte, Bélise, Chrysale, Martine

PHILAMINTE *Martine sehend*

Da bist du noch, du Närrin?
Verschwinde schleunigst, hörst du?! – Du dummes Mistvieh, geh!
Und daß ich dich nie mehr in diesem Hause seh'!

CHRYSALE

Was hat ...

PHILAMINTE

Nein!

CHRYSALE

... sie denn ...

PHILAMINTE

Nein! Ich will, daß du dich packst!

CHRYSALE

... getan, daß du so tobst und »Mistvieh« zu ihr sagst?

PHILAMINTE

Du unterstützt sie noch?

CHRYSALE

Wieso? Was fällt dir ein?

PHILAMINTE

Du nimmst für sie Partei?

CHRYSALE

Nein, Gott behüt' mich, nein!
Nur – darf ich, bitte, fragen: Was tat sie dir denn an?

PHILAMINTE

Ja, glaubst du, ich beschimpf' sie und sie hat nichts getan?

CHRYSALE

Das hab' ich nicht gesagt; nur sollten unsere Leute ...

PHILAMINTE

Nein, sag' ich dir, sie geht, und, sag' ich dir, noch heute.

CHRYSALE

Natürlich, ja, sie geht – das wird gar nicht bestritten.

PHILAMINTE

Das, was ich will, geschieht, nicht wahr, ich muß schon bitten.

CHRYSALE

Gewiß ...

PHILAMINTE

Und du als Mann, du mußt ein Kavalier sein
Und zornig sein wie ich und gegen sie, mit mir sein.

CHRYSALE

Das bin ich.

Wendet sich gegen Martine

Unverschämte, hinaus, ich bin empört,
Das, was du angestellt hast, ist wirklich unerhört.

MARTINE

Was hab' ich denn getan?

CHRYSALE *leise*

Ich weiß es nicht, auf Ehre!

PHILAMINTE

Sie ist auch noch so frech, zu tun, als ob's nichts wäre.

CHRYSALE

Warum bist du so böse, was hat sie denn verbrochen,
Hat sie dir einen Spiegel, vielleicht ein Glas zerbrochen?

PHILAMINTE

Denkst du, daß ich sie drum aus meinem Hause wies,
Wenn sie nicht mehr beging und weiter nichts als dies?

CHRYSALE *zu Martine*

Was heißt das?

zu Philaminte

Hat die Sache bedeutendes Gewicht?

PHILAMINTE

Jawohl, das hat sie. Bin ich vernünftig oder nicht?

CHRYSALE

Hat sie's an Wachsamkeit und Vorsicht fehlen lassen,
Ein Becken, eine Schüssel aus Silber stehlen lassen?

PHILAMINTE

Das wäre nicht so schlimm!

CHRYSALE *zu Martine*

Zum Henker noch einmal!

zu Philaminte

Das heißt doch nicht, daß sie am Ende selber stahl?

PHILAMINTE

Nein, es ist noch viel ärger.

CHRYSALE

Es ist viel ärger?

PHILAMINTE

Sehr.

CHRYSALE

Die Gaunerin – zum Teufel! Wie könnte sie noch mehr ...

PHILAMINTE

Mit unverschämter Keckheit hat sie mich insultiert:
Sie hat mit mir das Lehrbuch von Vaugelas studiert
Und dann mein Ohr gemein durch einen Satz verhöhnt,
Den Vaugelas ausdrücklich als unrichtig verpönt.

CHRYSALE

Und das ...

PHILAMINTE

Weh jedem, der sich vergeht am Fundament,
Das jeglicher Gelehrte als bindend anerkennt;
Der Codex der Grammatik besitzt Gesetzeskraft,
Und nicht einmal der König verletzt ihn ungestraft.

CHRYSALE

Ich dachte, sie beging das gräßlichste Verbrechen ...

PHILAMINTE

Nach dieser Greueltat wagst du, sie freizusprechen?

CHRYSALE

Mag sein ...

PHILAMINTE

Du wärst bereit, den Frevel zu verzeih'n?

CHRYSALE

Nein, nein.

BÉLISE

Wie ärgerlich, wie schnöde, wie gemein!
Den stolzen Bau der Sprache hat sie brutal beschädigt,
Als hätten wir ihr nie im rechten Geist gepredigt.

MARTINE

Was Sie da woll'n von mir, das ist ja schön und gut,
Nur kann ich nicht so schwätzen, wie man hier schwätzen tut.

PHILAMINTE

In Schönheit und Vernunft, nach heiligen Gesetzen
Entfaltet sich das Wort – du, Hexe, nennst das »schwätzen«?!

MARTINE

Daß einen wer versteht, das ist's, warum man spricht.
Und keine heilige Schönheit seh' ich beim Reden nicht.

PHILAMINTE

Da haben wir es ja – ist das nicht unerträglich?
»Und keine seh' ich nicht!«

BÉLISE Entsetzlich, gräßlich, kläglich!
Hat man ihr drum die Regeln so eindringlich verkündigt,
Daß sie so unbelehrbar an der Grammatik sündigt?!
Durch »keine Schönheit nicht« tritt greulich in Erscheinung
Die böse Ketzerei der doppelten Verneinung.

MARTINE

Herrje, Sie hab'n studiert – wer kennt sich denn da aus?
Drum red' halt unsereins ganz einfach wie zuhaus'.

PHILAMINTE

Ah, welche Höllenqual!

BÉLISE

Oh, wie ertrag' ich's bloß?!

PHILAMINTE

Für ein sensibles Ohr ist das der Todesstoß!

BÉLISE

Hast du nicht Hirn genug, bist du denn ganz verdreht?
Es heißt »zu Hause«, »redet« – und nicht »zuhaus'« und »red'«!
Mit deinem bösen Stil verschone uns fortan!

MARTINE

Mit meinem Besenstiel? Was hat denn der getan?!

PHILAMINTE

O Gott!

BÉLISE

Stil und nicht Stiel! Ich hab' dir auch den Grund
Schon oft erklärt, das Wort kommt – nun, woher?

MARTINE

Na und?
Ob es jetzt aus Chaillot kommt, aus Ivry, aus Saint-Cloud,
Das ist doch eins wie 's andre.

BÉLISE

Du arme Seele, du!
Was weißt du denn vom Verb und vom Nominativ,
Vom Substantiv im Einklang mit einem Adjektiv,
Was weißt du vom Adverb?

MARTINE

Verzeihung, bitte sehr,
Die Herrn da kenn' ich nicht.

BÉLISE

Weh mir, ich kann nicht mehr!
Das sind ja Redeteile. Wer spricht, der muß beim Reden
Drauf sehen, daß sich ein jeder verträgt mit einem jeden.

MARTINE

Wenn sie sich nicht vertragen, soll'n sie sich eben schlagen!

PHILAMINTE *zu Bélise*

Ich bitte dich, hör auf, uns weiterhin zu plagen!
zu Chrysale
Und du, willst du sie nicht, noch immer nicht entlassen?

CHRYSALE *beiseite*

Nun ja, es ist wohl klug, sich Launen anzupassen.
zu Martine, halblaut
Laß uns allein, Martine, mit ihr ist nicht zu spaßen.

PHILAMINTE

Wie, hast du etwa Angst, sie kräftig anzufassen?
Du sprichst mit ihr so nett, als wäre nichts geschehen.

CHRYSALE

Ich? Durchaus nicht!
laut
Hinaus!
leise
Mein Kind, du mußt jetzt gehen.

Siebente Szene

Philaminte, Chrysale, Bélise

CHRYSALE

Nun ist es so gekommen, wie du's befohlen hast,
Doch sag' ich dir, daß mir die Sache gar nicht paßt:
In ihrem Dienstbereich war diese Kleine tüchtig,
Daß man sie mir hinauswirft, ist ganz und gar nicht richtig.

PHILAMINTE

Du willst, daß ich sie hier noch länger toleriere,
Daß sie mein armes Ohr unsäglich malträtiere,
Indem sie der Grammatik und der Stilistik Hohn spricht
Und fehlerhaft barbarisch in rüd vulgärem Ton spricht,
Die Wörter kraß entstellt und ohne Sorgfalt ausspricht
Und wie ein Fischweib hier, bei mir, in meinem Haus spricht?

BÉLISE

Wenn man sie reden hört, ist man dem Tode nah,
Mit jedem Satz vergeht sie sich gegen Vaugelas,
Sie sündigt an der Syntax, Stilistik und Phonetik,
Rhetorik, Idiomatik und an der Sprachästhetik.

CHRYSALE

Was kümmern mich die Fehler, auf die ihr eifrig pocht,
Wenn sie nur ohne Fehler in ihrer Küche kocht?!
Sie soll mir kein Gericht versalzen und verderben,
Dann darf sie nach Belieben verfahren mit den Verben,
Wenn sie das Fleisch recht kocht, Kartoffeln sorgsam schält,
Verzeih' ich gern, daß sie vulgäre Wörter wählt.
Mir liegt an gutem Essen und nicht an Sprachproblemen,
Herr Vaugelas lehrt nichts von Saucen, Torten, Cremen;
Die Weisen, hochgelehrt, stilistisch sehr beschlagen,
Sie würden ihrerseits vor jedem Herd versagen.

PHILAMINTE

Wie du mit plumpen Reden mir tiefen Schmerz bereitest!
Statt daß du stolz als Mensch auf Gipfelhöhen schreitest,
Im geistigen Bereich sublimer Leidenschaften,
Bleibst du kommun und stumpf im Materiellen haften!
Der Leib, die leere Hülle, ist er dazu bestimmt,
Daß man ihn derart wichtig, auch nur zur Kenntnis nimmt?
Man achtet nicht auf ihn, läßt ihn am besten ruh'n.

CHRYSALE

Mein Leib, das bin doch ich. Ich will für ihn viel tun,
Er ist mir lieb und wert, auch wenn er »Hülle« heißt.

BÉLISE

Es gibt nur eine Einheit, mein Bruder: Leib und Geist.
Und folgst du den Gedanken, die jeder Weise denkt,
Weißt du: die Einheit wird vom Geist allein gelenkt,
Und wahrhaft leben heißt, so künden alle Lehren:
Den Geist stets aus dem Quell der Wissenschaft zu nähren.

CHRYSALE

Den Geist soll man ernähren, meinst du, dann lebt man [wahrhaft?

Der Quell der Wissenschaft ist, fürcht' ich, gar nicht nahrhaft;
Bist du denn nicht besorgt, wenn einer sonst nichts trinkt,
Um den . . .

PHILAMINTE

»Besorgt sein um« – wie häßlich das doch klingt!
Dergleichen anzuhören, ertrage ich nur schwer.

BÉLISE

Die Wendung ist veraltet, man sagt das längst nicht mehr.

CHRYSALE

Soll ich euch etwas sagen? Ich geb' es endlich auf,
Mich zu verstellen, und lasse der Galle freien Lauf:
Man hält euch ja für närrisch; es tobt und kocht in mir . . .

PHILAMINTE

Was soll das heißen?

CHRYSALE

Schwester, ich rede jetzt zu dir!
Man ist ein Schwerverbrecher, wenn man nicht richtig spricht,
Vom richtigen Betragen hingegen spricht man nicht,
Die Unmengen von Büchern, die können mir nichts sagen,
Ich brauch' nur den Plutarch, drin preß' ich meine Kragen;
Die anderen verbrennt, weil sie für uns nichts wert sind,
Laßt die Gelehrsamkeit den Männern, die gelehrt sind,
Laßt auch das große Fernrohr von unserem Dach entfernen,
Das nur den Leuten hilft, das Fürchten zu erlernen,
Und all das andere Zeug, das niemand gerne sieht,
Und schert euch nicht darum, was auf dem Mond geschieht,
Bekümmert euch um das, was hier im Haus vorgeht,
Weil's da recht kunterbunt ist und nicht zum Besten steht.
Mir scheint's aus vielen Gründen kein wünschenswertes Ziel,
Daß eine Frau studiert und alles wissen will:
Aus ihren Kindern brave und gute Menschen machen,
Das Haus in Ordnung halten, die Diener überwachen,
Mit Geld und Geldeswert zu sparen, sollte sie
Voll Feuereifer lernen, und nicht Philosophie.
Ja, unsere Väter waren in dieser Hinsicht klug,
Bei ihnen galt das Wort: Die Frau ist klug genug,

Wenn sie so geistreich ist, daß sie den Unterschied
Der zwischen Hemd und Hose besteht, nur deutlich sieht. –
Sie las nicht und sie lebte doch gut in jenen Tagen,
Der Haushalt gab ihr Antwort auf alle ihre Fragen,
Sie dachte, statt an Bücher, an Linnen früh und spät,
Sie hat für ihre Töchter die Ausstattung genäht.
Die Frau von heute denkt nicht an Kissen, Decken, Tücher,
Sie möchte nicht nur lesen, sie schreibt auch selber Bücher,
Das Höchste kann von ihr ganz leicht begriffen werden,
Und hier bei uns noch leichter als anderswo auf Erden,
Des tiefsten Rätsels Lösung wird aus der Tiefe tauchen:
Weil wir hier alles wissen – nur das nicht, was wir brauchen.
Und da die Glieder stets so wie die Häupter sind,
Hab' ich zwar Dienerschaft, doch werd' ich nicht bedient.
Man kennt genau die Dauer des Umlaufs aller Sterne,
Der Sonne und des Mondes – die liegen mir sehr ferne,
Man fragt nach Mars und Venus – die Mühe ist verloren –
Und läßt mir hier indessen das Fleisch im Topf verschmoren,
Man liest ein Buch und läßt mein Huhn am Spieß verkohlen,
Man schwelgt in Versen, statt mir vom Keller Wein zu holen.
Mit allen Wissenschaften ist man auf gutem Fuß,
Tut viel, nur eines nicht: das, was getan sein muß.
Man lehrt sehr eifrig Dinge, die hoch, die tief, die schwer sind,
Man lehrt, bis durch das Lehren die Köpfe völlig leer sind.
Ein armes Küchenmädchen sah ich nur übrigbleiben,
Sie war nicht angekränkelt von eurem üblen Treiben,
Der ruft man wütend zu: »Du Närrin bleibst nicht da!«
Warum? Sie spricht nicht so korrekt wie Vaugelas.
Ich muß dir sagen, Schwester, das alles ärgert mich –
Ich wende mich bekanntlich, wie schon erwähnt, an dich.
Ich kann und will mich nicht für euren Schwarm von Meistern
Und für Herrn Trissotin noch weniger begeistern,
Er hat euch in Gedichten verherrlicht und verklärt,
Doch alles, was von ihm kommt, ist Plunder und nichts wert,
Man hört ihn und muß fragen: Was wollte er denn sagen?
Ich glaub', er ist im Kopf ein wenig angeschlagen.

PHILAMINTE

Oh, welche Niedrigkeit im Reden wie im Fühlen!

BÉLISE

Wo ist ein plumperer Verband von Molekülen,
Ein dumpferer, stumpferer Geist, von Spießerträgheit schwer?
Vom gleichen Blut wie er leit' ich den Ursprung her?!?!
Nein, nein, es tut mir weh, mit dir verwandt zu sein,
Ich bin zutiefst beschämt und lasse dich allein.

Achte Szene

Philaminte, Chrysale

PHILAMINTE

Nur immer zu, was hast du wohl weiter vorzubringen?

CHRYSALE

Ich? Nichts. Genug davon. Mir liegt vor allen Dingen
An einem Plan. – Armande empfindet, wie ich sehe,
Fast einen Widerstand und Abscheu vor der Ehe,
Sie ist ja Philosophin, mir soll das alles recht sein,
Du nimmst dich ihrer an, das kann für sie nicht schlecht sein –
Ganz anders Henriette, die liebe, kleine, gute,
Ich weiß genau: ihr ist nach Heiraten zumute,
Wir sollten einen Gatten . . .

PHILAMINTE

. . . Ich denke so wie du
Und habe auch bereits den rechten Plan – hör zu!
Herr Trissotin, den man nicht durchwegs liebt, du weißt es,
Du bist ja selber auch kein Schätzer seines Geistes,
Ist dennoch für das Kind prädestiniert als Gatte,
Glaub mir, die ihn zu prüfen ja manchen Anlaß hatte;
Erspare dir Debatten und Worte des Protestes,
Es ist von mir beschlossen, daher ist es ihr Bestes.
Und nenne ihr auch nicht den Gatten meiner Wahl,
Sie höre seinen Namen von mir zum erstenmal,

Ich habe meine Gründe, dir solches vorzuschreiben,
Mißachtest du sie, wird mir das nicht verborgen bleiben.

Neunte Szene

Ariste, Chrysale

ARISTE
Die Frau ging eben fort – nun, Bruder, was geschah?
Bist du dazugekommen, mit ihr zu reden?

CHRYSALE
Ja.

ARISTE
Und wie war das Ergebnis? Ist das Projekt gebilligt,
Die Heirat Henriettes mit unserem Freund bewilligt?

CHRYSALE
Nein, das ist nicht der Fall.

ARISTE
Hat sie es abgeschlagen?

CHRYSALE
Nein.

ARISTE
Will sie's noch bedenken?

CHRYSALE
Das kann man auch nicht sagen.

ARISTE
Wie?

CHRYSALE
Einen anderen wünscht sie als Schwiegersohn zu seh'n.

ARISTE
Wie, einen anderen wünscht sie?

CHRYSALE
Ja, einen anderen.

ARISTE
Wen?

CHRYSALE

Herrn Trissotin.

ARISTE

Wie? Was? Herrn Trissotin?

CHRYSALE

Ja, den,

Der soviel schreibt und spricht, was andere nicht versteh'n.

ARISTE

Und hast du zugestimmt?

CHRYSALE

Ich? Gott bewahre mich!

ARISTE

Und was hast du gesagt?

CHRYSALE

Nichts. Das war sicherlich

Der allerbeste Weg, um mich nicht festzulegen.

ARISTE

Gewiß, da hast du recht, das ist ein wahrer Segen.
Hast du ihr nicht Clitandre zumindest vorgeschlagen?

CHRYSALE

Nein, sie hat ihren Vorschlag als erste vorgetragen,
Da hielt ich es für klüger, mich nicht gleich vorzuwagen.

ARISTE

Du übertreibst die Vorsicht – das muß ich wirklich sagen.
Ja, schämst du dich denn nicht, so ohne Mark zu sein?
Wie bringt ein Mann das fertig, so wenig stark zu sein,
Der Frau bedingungslos die Macht zu überlassen,
Sich dem, was sie beschließt, gefügig anzupassen?

CHRYSALE

Ach Gott, mein lieber Bruder, das ist sehr leicht gesagt.
Du hast ja keine Ahnung, wie jeder Lärm mich plagt.
Ich liebe das, was ruhig, was friedlich, sanft und zart ist,
Und meine Frau ist schrecklich, weil sie von anderer Art ist,
Sie nennt sich Philosophin, tut sich viel drauf zugut',
Gerät jedoch trotzdem nicht minder oft in Wut;
Die Weisheitslehre predigt: Nichts Irdisches ist wichtig!

Jedoch für ihre Galle scheint dieser Leitsatz nichtig.
Vollzieht man ihren Willen nicht ohne Widerspruch,
Dann wütet eine Woche der ärgste Wolkenbruch.
Sie ist ein rechter Drache, verbreitet Angst und Schrecken,
Wenn sie so loslegt, möcht' ich mich gleich vor ihr verstecken,
Doch muß ich lammsgeduldig die Teufelei ertragen
Und auch noch »lieber Schatz« und »Herzblatt« zu ihr sagen.

ARISTE

Ganz unter uns, mein Bruder: Das ist doch lächerlich!
Weil du ein Feigling bist, darum beherrscht sie dich;
Nur deiner großen Schwäche verdankt sie ihre Macht,
Du selbst, nur du allein, hast sie soweit gebracht,
Du öffnest ihrer Herrschsucht beflissen alle Türen
Und läßt dich wie ein Tanzbär brav an der Nase führen;
Ach, halt dir doch vor Augen, mein Bruder, wie du dran bist,
Entschließe dich doch endlich, zu sehen, daß du ein Mann bist,
Nicht länger ihre Willkür zu dulden, stumm und still,
Nimm doch dein Herz zusammen und sag einmal: Ich will.
Du opferst deine Tochter, gelassen, ohne Scham,
Dem von den Streberinnen erkorenen Bräutigam,
Du gibst dein Geld und Gut dem eitlen Hohlkopf preis,
Der sie durch ein paar Brocken Latein zu ködern weiß,
Den deine Frau beständig in höchsten Tönen preist
Als echten Philosophen, als wahrhaft großen Geist,
Als Autor, dem kein zweiter je gleichkam im Gedicht,
Obwohl man sehr gut weiß: das alles ist er nicht.
Nein, nein, es ist zu dumm, man kann es kaum ertragen,
Und du bist lächerlich – ich muß es zweimal sagen.

CHRYSALE

Du hast ganz recht, mein Bruder, ich seh' den Fehler ein;
Nun bin ich fest entschlossen: ich werde stärker sein.

ARISTE

Das hast du gut gesagt.

CHRYSALE

Was eine Gattin sprach,
So wortlos hinzunehmen, ist wirklich eine Schmach.

ARISTE

Sehr gut!

CHRYSALE

Sie trieb ja Mißbrauch mit meiner Fügsamkeit ...

ARISTE

Gewiß!

CHRYSALE

... und profitierte von meiner Duldsamkeit.

ARISTE

Ganz richtig!

CHRYSALE

Aber heute stellt es sich klar heraus:
Ich, Henriettes Vater, ich bin der Herr im Haus.
Den Gatten meiner Tochter bestimme ich allein.

ARISTE

Ja, jetzt wirst du vernünftig, so soll, so muß es sein.

CHRYSALE

Auch du bist für Clitandre; in sein Quartier zu gehen,
Ersuch' ich dich, mein Bruder. Sag ihm, ich will ihn sehen.
Jetzt reißt mir die Geduld.

ARISTE

Ich fliege zu ihm hin.

CHRYSALE

Die Welt soll merken, daß ich ein Mann geworden bin.

Dritter Akt

Erste Szene

Philaminte, Armande, Bélise, Trissotin, Lépine

PHILAMINTE
Hier wollen wir verweilen und hören mit Genuß
Das, was man Wort für Wort bedachtsam schätzen muß.

ARMANDE
Vor Ungeduld vergeh' ich.

BÉLISE
Vor Sehnsucht sterb' ich fast.

PHILAMINTE *zu Trissotin*
Wir sind berückt, verzaubert von unserem hohen Gast.

ARMANDE
Sie lösen in mir Freuden, die ich nie kannte, aus.

BÉLISE
Sie bieten meinen Ohren den allerfeinsten Schmaus.

PHILAMINTE
Oh, lassen Sie die Qual der heißen Wünsche enden.

ARMANDE
Nur schnell!

BÉLISE
Sie sollen uns die höchste Wonne spenden.

PHILAMINTE
Oh, bringen Sie Ihr Opus nun dar, seien Sie beschworen!

TRISSOTIN *zu Philaminte*
Ach, dieses Kind, Verehrte, ward eben erst geboren.
Sie werden für sein Los wohl Sympathie empfinden,
Und dieser edle Kreis soll mich von ihm entbinden.

PHILAMINTE
Die Liebe sichert ihm der Vater schon allein.

TRISSOTIN
Und Ihre Zustimmung soll seine Mutter sein.

BÉLISE
Wie geistreich!

Zweite Szene

Henriette, Philaminte, Armande, Bélise, Trissotin, Lépine

PHILAMINTE *zu Henriette, die erschienen ist und wieder gehen will*

Henriette, warum bleibst du nicht hier?

HENRIETTE

Das trauliche Gespräch zu stören, sei fern von mir.

PHILAMINTE

Komm näher, sei ganz Ohr, du sollst mit uns genießen.
Gleich wird sich hier für uns ein Wunderwerk erschließen.

HENRIETTE

Vom Wort und seiner Schönheit ist mir nicht viel bekannt,
Dem ganzen Reich des Geistes bin ich nicht zugewandt.

PHILAMINTE

Das ist nicht wichtig. Bleib! Ich muß vor allen Dingen
Ein wichtiges Geheimnis zu deiner Kenntnis bringen.

TRISSOTIN *zu Henriette*

Sie spotten aller Schönheit in geistigen Bezirken
Und üben nur die Kunst, durch Schönheit selbst zu wirken.

HENRIETTE

Nein, beides liegt mir fern; und solche Worte sind . . .

BÉLISE

Wann huldigen wir endlich dem neugeborenen Kind?

PHILAMINTE *zu Lépine*

He, Stühle her, mein Kleiner – ich bitte, Platz zu nehmen.

Der Lakai fällt mit den Stühlen.

Seht diesen Bösewicht! Du fällst?! Du sollst dich schämen –
Erfuhrst du nichts bei uns vom Sinn des Gleichgewichts?

BÉLISE

Vom Grundgesetz der Schwerkraft, du Dummkopf,
[weißt du nichts –
Der Fall kommt nur daher – wir lehrten's dich erkennen –

Daß man das nicht beachtet, was wir den Schwerpunkt nennen.

LÉPINE

Ich hab' daran gedacht, doch erst, als ich schon saß.

PHILAMINTE *dem abgehenden Lépine nachrufend*

Der Tölpel!

TRISSOTIN

Er hat Glück, denn er ist nicht aus Glas.

ARMANDE

Wie witzig Sie stets sind.

BÉLISE

Nie ruht Ihr Geist sich aus.

PHILAMINTE

Servieren Sie uns nun den holden Ohrenschmaus.

TRISSOTIN

Ihr großer Hunger schreit nach einem reichen Mahl,
Ein Epigramm als Speise erschiene wohl zu schmal,
Im Dienst an dem Menu fällt deshalb meine Wahl
Als kleine erste Platte vor meinem Madrigal
Auf ein Sonett, das kühn sich einer Schönen naht,
Ich hab' ihr's zubereitet, sie fand es delikat,
Manch Korn attischen Salzes hab' ich darin versteckt,
Nun bleibt mir nur zu hoffen, daß es auch Ihnen schmeckt.

ARMANDE

Ich zweifle nicht daran.

PHILAMINTE

Geschwind, ich bin ganz Ohr.

BÉLISE *ihn jedesmal, wenn er lesen will, unterbrechend*

Mein Herz bebt vor Entzücken, vor Freude schon zuvor. –
Für mich ist Poesie das Edelste im Leben. –
Und gar wenn sie galant ist, bin ich ihr ganz ergeben.

PHILAMINTE

Wie kann er denn beginnen, wenn wir ihn unterbrechen?

TRISSOTIN

Son ...

BÉLISE

Ruhig, Henriette!

ARMANDE

Laß ihn doch endlich sprechen!

TRISSOTIN

Sonett an die Prinzessin Uranie, als sie vom Fieber befallen ward.

Weh mir, schlief deine Vorsicht ein
Und nahm an ihrer Statt bei dir
In Pracht und Herrlichkeit Quartier
Der allerschlimmste Gegner dein?

BÉLISE

Wie schön ist der Beginn!

ARMANDE

So zärtlich und galant.

PHILAMINTE

Wer tut es Ihnen gleich, so flüssig-elegant?

ARMANDE

Vor »schlief die Vorsicht ein« muß man die Segel streichen.

BÉLISE

»Der schlimmste Gegner dein« – wer sonst kann das erreichen?!

PHILAMINTE

»An ihrer Statt bei dir« – der Gegner »nahm Quartier« –
Das fügt sich wundervoll, liebkost die Ohren mir.

BÉLISE

Nun laßt uns weiter hören!

TRISSOTIN

Weh mir, schlief deine Vorsicht ein
Und nahm an ihrer Statt bei dir
In Pracht und Herrlichkeit Quartier
Der allerschlimmste Gegner dein?

ARMANDE

»Weh, schlief die Vorsicht ein!«

BÉLISE

»Der schlimmste Gegner dein!«

PHILAMINTE

»An ihrer Statt bei dir« – der Gegner »nahm Quartier«!

TRISSOTIN

Verjage ihn – nein, sag nicht nein –
Aus dem Bereich voll holder Zier,

Wo dieser Schnöde grausam schier
Dem Leben androht bittre Pein.

BÉLISE

Oh, ich muß Atem holen – nicht weiter bis zum Schluß!

ARMANDE

Vergönnen Sie uns Zeit für solchen Hochgenuß!

PHILAMINTE

Da klingt – ich weiß nicht, was – das durch das Innere weht
Und macht, daß man zutiefst ganz außer sich gerät.

ARMANDE

»Verjage ihn – nein, sag nicht nein –
Aus dem Bereich voll holder Zier ...«
»Bereich voll holder Zier«, wie ist das nüanciert,
Mit wahrer Meisterhand erlesen modelliert.

PHILAMINTE

»Verjage ihn – nein, sag nicht nein ...«
Ah, das »nein, sag nicht nein« – geschmackvoll, herrlich klar,
Die Zeile ist für mich ganz einfach unschätzbar.

ARMANDE

Gewiß, »nein, sag nicht nein« bedeutet mir sehr viel.

BÉLISE

Ja, ja, »nein, sag nicht nein« erscheint auch mir subtil ...

ARMANDE

Oh, hätt' ich das geschrieben!

BÉLISE

... mehr wert als manch ein Stück.

PHILAMINTE

Empfindet ihr wie ich das ungeheure Glück?

ARMANDE und BÉLISE

Oh, oh!

PHILAMINTE

»Verjage ihn – nein, sag nicht nein ...« –
Wie steht in dem »Verjage« das Ja an seinem Platz,
Dem Doppel-Nein, das folgt, als echter Gegensatz!
»Verjage ihn – nein, sag nicht nein« –
»Nein, sag nicht nein« – »Nein, sag nicht nein« –
Oh, in »Nein, sag nicht nein« steckt mehr, als ich selbst sah,

Kommt wohl ein anderer Geist ganz meiner Ahnung nah?
In meinem Inneren hör' ich Millionen Saiten schwingen.

BÉLISE

Ich höre auch in mir mehr, als ich höre, klingen.

PHILAMINTE *zu Trissotin*

Doch als Sie's niederschrieben, dies Ihr »Nein, sag nicht nein«,
Versenkten Sie bewußt all diesen Sinn hinein?
Und hatten Sie die Absicht, bevor der Vers entstand,
Daß soviel Großes fließe aus Ihrer Dichterhand?

TRISSOTIN *selbstgefällig*

Oh, oh!

ARMANDE

Auch das Wort »Schnöde« empfinde ich als groß,
Der Schnöde ist das Fieber, gemein und rücksichtslos,
Zu schändlichen Attacken mißbraucht er sein Quartier.

PHILAMINTE

Begnadet jede Zeile der ersten zweimal vier –
Wir kommen voll Entzücken nun zu den nächsten drei'n.

ARMANDE

Noch nicht! Einmal noch, bitte, zuvor »Nein, sag nicht nein«!

TRISSOTIN

Verjage sie – nein, sag nicht nein . . .

PHILAMINTE, ARMANDE, BÉLISE

»Nein, sag nicht nein . . .«

TRISSOTIN

Aus dem Bereich voll holder Zier . . .

PHILAMINTE, ARMANDE, BÉLISE

». . . voll holder Zier . . .«

TRISSOTIN

Wo dieser Schnöde grausam schier . . .

PHILAMINTE, ARMANDE, BÉLISE

Der Schnöde ist das Fieber!

TRISSOTIN

Dem Leben androht bittre Pein.

PHILAMINTE

Dem Leben . . . bittre Pein.

ARMANDE, BÉLISE

Ah!

TRISSOTIN

Ist ihm denn, oh, vor deinem Rang,
Vor deinem edlen Blut nicht bang?

PHILAMINTE, ARMANDE, BÉLISE

Ah!

TRISSOTIN

Er will dich Tag und Nacht nur kränken;
Drum sollst du in ein Bad ihn senden
Und dort mit deinen eignen Händen
Ihn ohne weiteres ertränken.

PHILAMINTE

Ich kann nicht mehr.

BÉLISE

Ich schwelge.

ARMANDE

Wie soll man das ertragen?!

PHILAMINTE

Ich fühle süße Schauer durch meine Seele jagen.

ARMANDE

»Drum sollst du in ein Bad ihn senden ...«

BÉLISE

»Und dort mit deinen eigenen Händen ...«

PHILAMINTE

»Ihn ohne weiteres ertränken.«
»Sollst in ein Bad ihn senden« –
»Und dort mit eignen Händen« –

ARMANDE

Wie ist da jeder Versfuß voll Reiz bis an den Rand!

BÉLISE

Sie führen uns Schritt für Schritt ins schönste Wunderland.

PHILAMINTE

Wie herrlich sich's inmitten von soviel Schönheit geht!

ARMANDE

Auf zauberischen Wegen, von Rosen übersät.

TRISSOTIN

So finden Sie mein Opus ...

PHILAMINTE

Kühn, neu, bewundernswert,
Kein Dichter hat uns je so Herrliches beschert.

BÉLISE *zu Henriette*

Wie, Nichte, du sitzt still, von Anteil keine Spur –
Du machst da eine triste, recht seltsame Figur.

HENRIETTE

Wollt' ich sie anders machen, es nützte mir nicht viel,
Man wird nicht Schöngeist, Tante, nur weil man's werden will.

TRISSOTIN *zu Henriette*

Sind Ihnen meine Verse am Ende gar fatal?

HENRIETTE

Nein, denn ich hör' nicht hin.

PHILAMINTE

Und nun das Madrigal.

TRISSOTIN

Auf eine goldene Karosse, so er einer Dame seines Herzens [zum Präsent gemacht.

PHILAMINTE

Die Überschrift verspricht uns ein kostbares Gedicht.

ARMANDE

Sie sagt uns: Aufgepaßt, nun funkelt manches Licht.

TRISSOTIN

So teuer war für mich der Liebe Unterpfand ...

PHILAMINTE, ARMANDE, BÉLISE

Ah!

TRISSOTIN

Daß schon mein halbes Gut in ihren Diensten schwand,
Und siehst du diesen stolzen Wagen,
So überreich mit Gold beschlagen,
Den staunend anblickt ganz Paris,
Wenn du in ihm einherfährst, teuerste Lais ...

PHILAMINTE

Ah, oh, »Lais«, wie schön – wie vornehm, wie gelehrt!

BÉLISE

Das Pseudonym Lais ist aller Ehren wert!

TRISSOTIN

Und siehst du diesen stolzen Wagen,
So überreich mit Gold beschlagen,
Den staunend anblickt ganz Paris,
Wenn du in ihm einherfährst, teuerste Lais,
Dann wisse: wenn dem Gold, so hold,
Das mit dir rollt, man Beifall zollt,
In diesem deinem Gold rollt hold mein Sold.

ARMANDE

Oh, oh – wie unerwartet – Die letzte Zeile sitzt.

PHILAMINTE

Nein, keinen andern gibt's, bei dem der Witz so blitzt!

BÉLISE

Gold, hold, das rollt . . .
Rollt hold mein Sold . . .
Wie kunstvoll komponiert und durchaus nicht gewollt.

PHILAMINTE

Ich weiß nicht mehr genau, ob ich, eh ich Sie kannte,
Den Reiz Ihrer Person und Ihres Wesens ahnte,
Doch hab' ich schon vorher bewundert, was Sie schrieben.

TRISSOTIN

An Ihnen ist die Reihe – ich hoffe, Sie belieben,
Uns gleich Ihr jüngstes Kind der Musen vorzulegen.

PHILAMINTE

Ich schrieb in letzter Zeit nichts Lyrisches, hingegen
Liegt wohl in Kürze vor – vertraulich, nur für Sie –
Die Skizze des Statuts für die Akademie.
Schon Platon plante sie in dem Traktat vom Staat,
Er blieb bei dem Entwurf – ich schreite kühn zur Tat,
Indem ich die Idee zunächst auf dem Papiere
In wohlgesetzter Prosa ausführlich formuliere.
Ich fühle schon seit langem ein wachsendes Entsetzen,
Wie schmählich alle Männer uns geistig unterschätzen;
Das Unrecht gutzumachen, muß ich mich drum bestreben,

Die Frau, bisher erniedrigt, in stolze Höhen heben,
Daß sie in Zukunft nicht auf minderen Dienst beschränkt sei,
Daß sie verklärt, erleuchtet, nicht aus der Welt verdrängt sei.

ARMANDE

Es heißt unser Geschlecht wahrhaftig bitter kränken,
Wenn man nicht mehr erwartet von uns und unserem Denken
Als Jacken, Röcke, Mäntel und ihren Schnitt zu sehen,
Uns auf die Stickereien und Stoffe zu verstehen.

BÉLISE

Wir dürsten nach Befreiung von unverdienten Strafen,
Man darf den Geist nicht knechten, bedrücken und [versklaven.

TRISSOTIN

Wenn ich ob meiner Schätzung der Damen wohlbekannt bin,
Vom Feuer ihrer Augen in heiliger Glut entbrannt bin,
Sonn' ich mich doch nicht minder in ihres Geistes Licht.

PHILAMINTE

Das tut uns wohl, das weiß man, denn man verkennt Sie nicht.
Doch wollen wir nun endlich gewissen Herren zeigen,
Die uns voll Neid verachten und unseren Wert verschweigen,
Daß wir uns auch bewähren im Reich der Poesie,
Uns in gelehrten Zirkeln vereinen ganz wie sie,
Wir wünschen uns zu großen Gedanken zu bekennen,
Vereinen, was die anderen in ihrer Blindheit trennen,
Das Schöne und das Wahre, die Kunst und Wissenschaft,
Das Wesen der Natur, das Wirken ihrer Kraft,
Im Widerstreit der Schulen vom Vorurteil nicht blind,
Nein, allen aufgeschlossen, wenn sie bedeutend sind.

TRISSOTIN

Mir liegt die Systematik des Peripatetismus.

PHILAMINTE

Den Sinn für Abstraktion lieb' ich am Platonismus.

ARMANDE

Das Weltbild Epikurs ist's, dem ich mich nahe fühle.

BÉLISE

Ich neig' zu Epikurs Doktrin der Moleküle;

Doch mit dem leeren Raum weiß ich nichts anzufangen,
Ich fühle unbezähmbar nach der Substanz Verlangen.

TRISSOTIN

Ich lasse bei Descartes den Magnetismus gelten.

ARMANDE

Auch seine Kreisbewegung.

PHILAMINTE

Den Sturz erloschener Welten.

ARMANDE

Wären wir nur schon vereint in der gelehrten Runde
Und durch eine Entdeckung dann bald in aller Munde!

TRISSOTIN

Ja, man erwartet viel von dem erlauchten Kreis,
Ihm gibt wohl die Natur auch ihr Geheimstes preis.

PHILAMINTE

Ich will mich selbst nicht loben, doch darf ich es gestehen:
Ich hab' ganz deutlich Menschen auf unserem Mond gesehen.

BÉLISE

Ich sah dort keine Menschen – hingegen, es ist wahr,
Sah ich dort viele Türme, exakt, präzis und klar.

ARMANDE

Und wir vertiefen, außer den Lehren der Physik,
Poetik und Grammatik, Moral und Politik.

PHILAMINTE

Ja, die Moral hat Züge, die längst mein Herz erwärmten,
Sie war's, für die vor Zeiten die großen Geister schwärmten;
Mir scheint der Stoizismus als Lehre unerreicht,
Ich kenne keine Schule, die dieser auch nur gleicht.

ARMANDE

Im Hinblick auf die Sprache wird ein Programm erlassen,
Darin wir die geplante Reform zusammenfassen.
Zum Teil verstandesmäßig, zum anderen instinktiv,
Sind wir von Haß erfüllt, der längst nach Abwehr rief:
Gewisse Substantive und auch gewisse Verben
Sind für uns unerträglich – drum lassen wir sie sterben.
Wir wollen sie verfolgen, wo immer sie auch nisten,

In unserer ersten Sitzung verkünden wir die Listen,
Sieht man dann dort vereinigt, was unsere Sinne peinigt,
Ist unsere Poesie und Prosa bald gereinigt.

PHILAMINTE

Jedoch das allergrößte, das wichtigste Projekt,
Das lebhaftes Entzücken in meinem Inneren weckt,
Ein edles Unternehmen, das jeder große Geist
Voll Anerkennung noch in fernster Zukunft preist,
Ist wohl die Unterdrückung der Silben, die gemein
Durch einen bösen Anklang das schönste Wort entweih'n,
Die jeden Tölpel reizen, uns Ärger zu bereiten
Durch abgeschmackte Scherze und Doppeldeutigkeiten,
Die unseren Stolz verletzen und uns erröten machten,
Die wahres Frauentum entheiligend mißachten.

TRISSOTIN

Was Sie da planen, scheint mir beachtenswert und gut.

BÉLISE

Sobald es vorliegt, sehen Sie das fertige Statut.

TRISSOTIN

. . . in dem sich höchstes Wissen mit Schönheitssinn vereint.

ARMANDE

Bald fügt sich unserem Richtspruch, was auch gedruckt erscheint.
Wenn wir in Vers und Prosa als Obrigkeiten dastehen,
Gibt's Geist nur noch bei uns und denen, die uns nah' stehen.
Was uns mißfällt, das wollen wir kühn beim Namen nennen.
Wir werden nur einander als Dichter anerkennen.

Dritte Szene

Lépine, Trissotin, Philaminte, Bélise, Armande, Henriette, Vadius

LÉPINE *zu Trissotin*

Mein Herr, ein Mann ist da, der gern zu Ihnen will,
Er trägt ein schwarzes Kleid und ist sehr sanft und still.

TRISSOTIN

Ein großer Geist und Freund hat mich so sehr gebeten,
Er dürstet nach der Ehre, bei Ihnen einzutreten.

PHILAMINTE

Ihn bei uns einzuführen, sei Ihnen unbenommen.
zu Armande und Bélise
In unserem Geisteszirkel heißt ihn mir recht willkommen.
zu Henriette, die sich zurückziehen will:
Wohin denn, Henriette? Du hörtest mich doch sagen,
Daß du nicht fortgehen sollst.

HENRIETTE

Warum denn, darf ich fragen?

PHILAMINTE

Ich weihe dich sehr bald in mein Geheimnis ein.

TRISSOTIN

Da ist er, stumm vor Glück, in diesem Kreis zu sein.
Bring' ich ihn heute her, riskier' ich keinen Tadel
Ob meiner Wahl, er ist ein Mann von Geistesadel,
Der Kunst, der Wissenschaft, dem Höchsten zugekehrt.

PHILAMINTE

Der ihn mir präsentiert, verbürgt mir seinen Wert.

TRISSOTIN

An klassische Autoren reicht er gewiß heran,
Weil er sie gut studiert hat und weil er Griechisch kann.

PHILAMINTE

Oh, Griechisch, Schwester, Griechisch, begnadetes Geschick!

BÉLISE

Oh, Griechisch, Nichte!

ARMANDE

Griechisch, welch großer Augenblick!

PHILAMINTE

Mein Herr, Sie können Griechisch! – gewagt ist mein Entschluß –
Doch meine ich: Ihr Griechisch verdient wohl einen Kuß.

Philaminte, Bélise, Armande umarmen Vadius.

PHILAMINTE

Die griechischen Autoren verehre ich so sehr.

HENRIETTE *da Vadius auch sie umarmen will*

Ich spreche kein Wort Griechisch – verzeihen Sie, mein Herr!

VADIUS

Mich führt mein Herzenswunsch in diesen hehren Kreis,
Dem einmal nah zu sein, ich wohl zu schätzen weiß;
Ich störte Sie doch nicht in wichtigen Gesprächen?

PHILAMINTE

Wer Griechisch kann, mein Herr, darf alles unterbrechen.

TRISSOTIN

Er ist in Vers und Prosa besonders gut beschlagen,
Wir könnten ihn ersuchen, uns etwas vorzutragen.

VADIUS

Ein Dichter sündigt gern mit seinem Manuskript,
Indem er es zu oft der Welt zu hören gibt,
Im Garten, auf dem Platz, bei Tisch und vor den Toren,
Bedrängt er, nimmer müd', die allzu müden Ohren.
Ich finde: dem Poeten gebricht es sehr an Takt,
Wenn er die Menschen stets mit seinen Werken plagt
Und nur nach Opfern späht und gern Gefangene macht,
Die er mit Versen quält bis in die tiefe Nacht.
Mich aber sah man nie befallen von dem Wahn,
Ein alter Grieche wies mir längst die rechte Bahn,
Er schrieb: Ein weiser Mann, der allzeit weise bleibt,
Ist jener nur, der nie das vorliest, was er schreibt.
Hier dieses kleine Lied »Verliebte junge Welt«,
Ich wüßte nur zu gern, ob's Ihnen wohl gefällt.

TRISSOTIN

Ihr Vers ist voll von Reizen, die keinen anderen zieren.

VADIUS

Die Grazien und Venus regieren in dem Ihren.

TRISSOTIN

Ihr Formsinn ist bedeutend, Ihr Wortschatz ist so reich.

VADIUS

An Ethos und an Pathos kommt keiner Ihnen gleich.

TRISSOTIN

An Ihren Pastoralen bewundert man den Stil,

Denkt bald an Theokrit, dann wieder an Vergil.

VADIUS

Ich finde Ihre Oden sublim und meisterlich,
Sie lassen den Horaz bei weitem hinter sich.

TRISSOTIN

Was gliche Ihren Stanzen, Ghaselen und Terzinen?

VADIUS

Was wäre eleganter als ein Sonett von Ihnen?

TRISSOTIN

Was wäre graziöser als Ihre Liebeslieder?

VADIUS

Und Ihre Madrigale, nein, sowas gibt's nie wieder!

TRISSOTIN

Und vollends die Balladen verraten das Genie.

VADIUS

Satirische Gedichte schreibt niemand so wie Sie.

TRISSOTIN

Wenn unser Vaterland die wahre Größe ehrte ...

VADIUS

Wenn unsere Zeit den Sinn für Werte nicht entbehrte ...

TRISSOTIN

Sie würden im Triumphzug getragen durch Paris.

VADIUS

Ein riesengroßes Denkmal wär' Ihnen längst gewiß.

zu Trissotin, ein Manuskript hervorziehend, sich räuspernd

Hm, hm, hier die Ballade – es wäre interessant,
Wie Sie das Werk ...

TRISSOTIN

Ist Ihnen wohl ein Sonett bekannt,
Gewidmet der Prinzessin, die fieberkrank gewesen?

VADIUS

Ja, gestern in Gesellschaft hat man es vorgelesen.

TRISSOTIN

Und kennen Sie den Autor?

VADIUS

Nein, nur das Werk, doch kann
Ich ohne Skrupel sagen: Es ist rein gar nichts dran.

TRISSOTIN

Sehr viele Leute finden, daß es ganz wunderbar ist.

VADIUS

Damit ist nicht gesagt, daß dieses Urteil wahr ist;
Und hätten Sie's gehört, Sie stimmten mir wohl bei.

TRISSOTIN

O nein, ich bin gewiß, daß dem nicht also sei,
Nicht vielen Dichtern kann dergleichen je gelingen.

VADIUS

Bewahre mich der Himmel, dergleichen zu vollbringen!

TRISSOTIN

Doch ich muß dabei bleiben, daß es nie Besseres gab,
Und zwar mit gutem Grund: weil ich's geschrieben hab'.

VADIUS

Sie?

TRISSOTIN

Ich.

VADIUS

Jetzt weiß ich nicht – wie ist das zugegangen?

TRISSOTIN

Ich hatte nicht das Glück, Ihr Placet zu erlangen.

VADIUS

Mag sein, daß ich als Hörer nicht bei der Sache war,
Mag sein, der Interpret bracht' es verstümmelt dar.
Doch lassen wir das jetzt. Hier ist meine Ballade.

TRISSOTIN

Balladen heutzutage? Das scheint mir reichlich fade,
Die Form ist antiquiert, sie schmeckt nach Olims
[Zeiten.

VADIUS

Sie weiß noch vielen Leuten Vergnügen zu bereiten.

TRISSOTIN

Das ist mir gleichgültig – ich bleibe ihr Verächter.

VADIUS

Das ist mir gleichgültig, dadurch wird sie nicht schlechter.

TRISSOTIN

Nur dürren Schreiberlingen liegt heute Stil.

VADIUS

Ich glaub's nicht, weil er Ihnen sonst sicher gut gefiel'.

TRISSOTIN

Der Kerl wirft seine Mängel mir schamlos an den Kopf!

VADIUS

Du tust mir jenen Schimpf an, der dir gebührt, du Tropf!

TRISSOTIN

Du Narr, Papierbeschmutzer, fataler Ignorant!

VADIUS

Du öder Winkelschreiber, du schändest unseren Stand!

TRISSOTIN

Gemeiner Dieb, Schmarotzer, der nur plagiieren kann!

VADIUS

Verzopfter ...

PHILAMINTE

Meine Herren, was fangen Sie denn an?

TRISSOTIN

Geh, gib dein Diebsgut preis, von dir will es doch keiner,
Du ahnungsloser Grieche, du unechter Lateiner!

VADIUS

Geh schnell nach Rom, tu Buße auf öffentlichem Platz,
Weil du ihn so verstümmelst, den göttlichen Horaz!

TRISSOTIN

Denk an dein letztes Buch, wo blieb denn der Applaus?

VADIUS

Dein Buch bringt den Verleger demnächst ins Armenhaus.

TRISSOTIN

Du leugnest meinen Ruhm – da mußt du dich blamieren!

VADIUS

Nicht doch – lies nur Boileau – was steht in den Satiren?

TRISSOTIN

Lies selber bei Boileau ...

VADIUS

Ich fühle mich geehrt,
Weil der Gestrenge glimpflich darin mit mir verfährt,
Sein kleiner Seitenhieb wirkt dadurch doppelt mild,
Daß er nebst mir drei anderen erlesenen Geistern gilt;
Dich lassen seine Verse hingegen nicht in Ruh,
Das Lieblingsziel der Gifte, die er verspritzt, bist du.

TRISSOTIN

Und dadurch rage ich höchst ehrenwert hervor:
Ich bin für ihn Solist, und du gehörst zum Chor,
Für dich genügt ein Hieb, mehr kannst du nicht vertragen,
Er weigert dir die Gunst, ein paarmal zuzuschlagen;
Mich greift er einzeln an als einen edlen Feind,
Für den ihm alle Mühe und Kraft vonnöten scheint:
Indem er so oft ausholt, zeigt er nur in der Tat:
Er weiß genau, daß er mich nicht getroffen hat.

VADIUS

Was ich imstand' bin, wird dir meine Feder zeigen.

TRISSOTIN

Und meine wird dich lehren, was dir gebührt: zu schweigen.

VADIUS

Ich fordere dich auf Prosa, Vers, Griechisch und Latein!

TRISSOTIN

Ich nehm' die Forderung an – triff mich demnächst allein!

Vierte Szene

Trissotin, Philaminte, Armande, Bélise, Henriette

TRISSOTIN

Meine Erregung hat Sie, so hoff' ich, nicht beleidigt,
Ich hab' ja nur Ihr Urteil, Verehrteste, verteidigt,
Da er die Stirne hatte, solch ein Sonett zu schmähen.

PHILAMINTE

Ich hoffe, Sie sehr bald mit ihm versöhnt zu sehen.
Genug davon. – Henriette, ich bitte dich, komm her,

Schon seit geraumer Zeit ist mir das Herz so schwer,
Weil sich kein Bildungsdrang in deinem Inneren regt,
Nun hab' ich mir ein Mittel dagegen überlegt.

HENRIETTE

Die Sorge, liebe Mutter, erscheint mir ganz vergebens,
Gelehrsamkeit ist nicht der Inhalt meines Lebens,
Ich möchte mich nicht quälen; was man so sieht und hört,
Zeigt mir, daß Drang nach Bildung den inneren Frieden stört.
Drum möchte ich viel lieber nur platte Worte sagen
Als mich um schöne Phrasen und Redensarten plagen.
Ich trage nichts dergleichen in meinem Kopf herum,
Ich fühle mich zufrieden und bin mit Freuden dumm.

PHILAMINTE

Das tut mir bitter weh; mir muß im Kreis der Meinen
Ein Abweg solcher Art ganz unerträglich scheinen.
Die Schönheit ist ein Schmuck, der allzu schnell vergeht,
Ein Reis, das bald verdorrt, ein Duft, der schnell verweht,
Ihr Dasein ist bestimmt von einer dünnen Haut;
Des Geistes Schönheit ist auf festen Grund gebaut.
So suchte ich beharrlich, dir einen Weg zu finden
Zu Reizen, welche nicht im Lauf der Jahre schwinden,
In dir den edlen Drang nach Wissen zu beleben,
Dir Kenntnis von der Welt und ihrem Sinn zu geben;
Nun fand ich diesen Weg, entschloß mich, ihn zu wählen:
Dir einen Mann von Geist als Gatten zu vermählen,
Der Mann ist dieser Herr, dem ich dein Los empfahl,
Er ist für dich bestimmt ... dein Gatte meiner Wahl.

HENRIETTE

Mein Gatte, Mutter?

PHILAMINTE

Ja; stell dich doch nicht so dumm.

BÉLISE *zu Trissotin*

Ich kann Gedanken lesen. – Sie bitten mich darum,
Daß ich ein Herz, das mein ist, des Dienstes nun enthebe –
Nun gut, vernehmen Sie, daß ich nicht widerstrebe,
Denn dieses Eheband gibt Ihnen Sicherheit.

TRISSOTIN *zu Henriette*

Die Worte fehlen mir in meiner Seligkeit,
Die Aussicht, die mich ehrt und mich so glücklich macht,
Gibt mir . . .

HENRIETTE

Nur sacht, wir sind noch nicht so weit, nur sacht.
Wir sind noch nicht so weit!

PHILAMINTE

Wer mir zu trotzen wagt,
Den will ich auf der Stelle . . . Genug. Ich hab's gesagt.
zu Trissotin
Sie ist gleich wieder brav. Wir lassen sie allein.

Fünfte Szene

Henriette, Armande

ARMANDE

Dem Walten unserer Mutter mußt du sehr dankbar sein:
Den wundervollsten Gatten weist sie dir gnädig zu . . .

HENRIETTE

Wenn er so wundervoll ist, warum dann ich, nicht du?

ARMANDE

Da unsere Mutter ihn dir anzutrauen beschließt.

HENRIETTE

Ich tret' ihn dir gern ab, weil du die Ältere bist.

ARMANDE

Fänd' ich im Ehestand nur Licht und keinen Schatten
Wie du, ich nähme ihn bedenkenlos zum Gatten.

HENRIETTE

Fänd' ich im Bildungsdrang nicht Schatten und nur Licht
Wie du, ich nähm' ihn gern, so aber lieber nicht.

ARMANDE

Die Wege des Geschmacks sind rätselhaft; indessen:
Wer darf die Kindespflicht der Folgsamkeit vergessen?

Die Mutter leitet uns mit unumschränkter Macht,
Und hättest du im Wahnwitz an Widerstand gedacht . . .

Sechste Szene

Chrysale, Ariste, Clitandre, Henriette, Armande

CHRYSALE *der Clitandre zu Henriette führt*
Nun sei zufrieden, Tochter, ich bring' ihn dir ins Haus,
Gib diesem Herrn die Hand – zieh erst den Handschuh aus –
Betrachte ihn, auf daß er dir als der erscheint,
Den heute mein Entschluß mit dir, mein Kind, vereint.

ARMANDE *zu Henriette*
Ein Blick in diese Richtung erscheint dir angemessen?

HENRIETTE
Wer darf die Kindespflicht der Folgsamkeit vergessen?
Der Vater leitet uns mit unumschränkter Macht.

ARMANDE
Auch einer Mutter ist Gehorsam zugedacht.

CHRYSALE
Was heißt das?

ARMANDE
Daß ich's als bedauerlich empfinde,
Wenn nicht ein Wille dich und meine Mutter binde,
Und daß ein anderer Gatte . . .

CHRYSALE
Halt endlich deinen Mund!
Geh doch zu deiner Mutter, philosophiert euch wund!
Was mich allein angeht, das tu' ich auch allein,
Laß' ich ihr sagen – bitte – und schärf ihr ferner ein:
Wenn sie nicht ruhig bleibt, dann soll sie lieber gehen!
Schnell fort mit dir! Hinaus!

ARISTE
Ein Wunder ist geschehen.

CLITANDRE
Oh, welches Übermaß, o Freude, ungeahnt!

CHRYSALE *zu Clitandre*

Kommt, Kinder, geht voraus, ja, ja, geht Hand in Hand!
In Henriettes Zimmer!

zu Ariste

Oh, holde Schwärmerei!
Wie ist das wunderschön! Mir wird so leicht und frei,
Mein altes Herz wird jung bei soviel Zärtlichkeit,
Ich fühl' mich plötzlich so . . . so wie zu meiner Zeit.

Vierter Akt

Erste Szene

Armande, Philaminte

ARMANDE
Nein, sie ist durchaus nicht im Gleichgewicht geblieben,
Sie hat die Folgsamkeit der Tochter übertrieben,
Ich hab's mit angesehen, sie fügte sich sofort,
Sie hörte ihn kaum an, gehorchte schon aufs Wort,
Sie stimmte zu, doch nicht weil sie der Vater drängte,
Nur um etwas zu tun, was ihre Mutter kränkte.

PHILAMINTE
Ich bring' ihr schon noch bei, daß sie sich dem Diktat
In meinem Machtbereich zu unterwerfen hat,
Wer hier das Szepter schwingt und wer die Richtung weist:
Materie oder Form, der Körper oder Geist.

ARMANDE
Dafür gebührt dir wohl der allerwärmste Dank,
Und dieser junge Mensch ist töricht oder krank,
Der gegen dein Gebot sein Ziel erreichen will.

PHILAMINTE
Er kommt im Leben nie an das ersehnte Ziel;
Ich sah ihn gern, als er zum erstenmal ins Haus kam,
Und war entsetzt, als dann sein Pferdefuß herauskam:
Daß ich Autorin bin, ist ihm bekannt gewesen,
Er bat mich nie darum, ihm etwas vorzulesen.

Zweite Szene

Clitandre, ungesehen, Armande, Philaminte

ARMANDE
Ich bliebe gleichfalls hart, ich handelte wie du,
Die Heirat Henriettes mit ihm ließ' ich nie zu,

Doch wär' es völlig falsch, den Schluß daraus zu zieh'n,
Daß ich verletzt, gekränkt und eigensüchtig bin,
Daß er, indem er mich so tückisch hintergeht,
In meines Herzens Grund geheime Rachsucht sät.
Mich schmerzt kein Schicksalsschlag, ich spotte jeder Qual.
Dank den Erkenntnissen der Ethik und Moral
Ist meine Seele frei von allen niederen Schwächen –
Doch was der Mensch dir antut, erscheint mir ein Verbrechen:
Die Ehre läßt's nicht zu, daß er dein Schwiegersohn ist,
Weil seine Wesensart für dich der reinste Hohn ist,
Ich hab' im Zwiegespräch mit ihm – ich war empört –
Noch nie ein Wort des Lobes für dich von ihm gehört.

PHILAMINTE

Ein Dummkopf!

ARMANDE

Wenn dein Ruhm wie Donner widerhallt,
Die ganze Stadt dich preist und feiert: er bleibt kalt.

PHILAMINTE

Ein Rohling!

ARMANDE

Oh, wie oft las ich ihm ein Gedicht
Aus deiner Feder vor – und ihm gefiel es nicht.

PHILAMINTE

Der Unverschämte!

ARMANDE

Dann begannen wir zu streiten
Und – nein, du ahnst es nicht, wieviele Schändlichkeiten . . .

CLITANDRE *vortretend*

Verzeihung, darf ich wohl um etwas Nachsicht bitten,
Wenn nicht, dann wenigstens um Sinn für gute Sitten:
Durch welche Missetat hab' ich Sie denn verletzt
Und Ihre Redekunst so jäh in Fahrt gesetzt?
Auf meinen guten Ruf hat sie es abgesehen,
Dort, wo ich wünschen muß, im besten Licht zu stehen.
Woher der blinde Zorn? Erklären Sie, was ich tat –
zu Philaminte

Sie sagen dann, Verehrte, wer Recht, wer Unrecht hat.

ARMANDE

Wär' ich des Zorns selbst fähig, den Sie mir unterschieben,
Er wäre sicherlich nicht lang in mir geblieben.
Sie sind für ihn zu gut, denn allzu hohe Triebe
Erweckt im edlen Geist die Zeit der ersten Liebe;
Drum halte man die Treue, geh' eher aus dem Leben
Als einer neuen Liebe die erste preiszugeben.
Ich kenne kein Verbrechen, das solchem Treubruch gleicht,
Er wird von Diebstahl, Totschlag und Raubmord nicht erreicht.

CLITANDRE

Ein Treubruch, wie, ein Treubruch? So nennen Sie die Qual,
Die Ihres Herzens Willkür dem meinen anbefahl?
Ich fügte mich gehorsam, mehr hab' ich nie getan,
Und wenn ich Sie verletzte, dann sind Sie schuld daran.
Ich war mit ganzer Seele voll Glut und Innigkeit
Zwei Jahre unermüdlich nur Ihrem Dienst geweiht,
Ich habe treu, gehorsam, im Bannkreis holder Macht,
Dem Liebesgott in Demut mein Opfer dargebracht.
Ich war entbrannt, ich glühte, doch, ach, Sie blieben kühl,
Verschlossen, unempfindlich für zärtliches Gefühl;
Bot ich dann einer anderen, was stolz Ihr Herz verwarf,
War's meine Schuld, war's Ihre? Wer sagt, daß ich's nicht darf?
Ist einer wankelmütig, dem sich das Glück versagt,
Hat mein Herz Sie verlassen, nicht Ihr Herz mich verjagt?

ARMANDE

Die ist nicht unempfindlich, die dem Gefühl entfliehen will,
Das sie brutal und plump mit sich hinunterziehen will,
Die sich bewahren möchte vor irdischer Gemeinheit
Im Geist der wahren Liebe, in Schönheit und in Reinheit.
Vermag mein Vorbild nicht, Ihr Streben von dem bösen
Und trüben Reich der Sinne für immer loszulösen?
Folgt Ihr Geist meinem Geist, wenn er den Weg zum Heil [nimmt,
Zur Einigkeit der Herzen, an der der Leib nicht teilnimmt?
Bei euch kennt man nur niedere, vulgäre Leidenschaften,

Die an der Welt des Stoffes und der Materie haften,
Und nur ein Ziel entflammt euch, sooft ihr Liebe schwört;
Der Ehestand mit allem, was so dazugehört.
Welch sonderbare Liebe! Wie sind wir schönen Seelen
Entfernt von solchen Gluten, die in der Tiefe schwelen!
Die Sinne sind verbannt aus dem Bereich hoch oben,
Wir wollen nur das Herz dem Herzen anverloben;
Den Rest verachten wir in unseren Regionen,
Wo Flammen, rein und hell, die nicht versengen, wohnen,
Wo man zwar manchmal seufzt, doch nur in allen Ehren,
Verklärt, erlöst, befreit von schmutzigem Begehren,
Kein irdisches Gelüst, kein Hunger, es zu stillen,
Man liebt aus keinem Grund als um der Liebe willen.
Vom Geist her kommt das Glück, die Fülle edler Gaben,
Wir merken nicht einmal, daß wir auch Körper haben.

CLITANDRE

Ich aber merke deutlich – verzeihen Sie, ich bin dreist –
Ich hab' auch einen Körper und nicht nur einen Geist
Und will nicht, daß sich dieser von jenem je befreit,
Auch fehlt's mir für den Vorgang wohl an Geschicklichkeit;
Der Himmel unterschlug mir d i e Art Philosophie,
Mein Geist gehört zum Körper, vereint marschieren sie.
Zwar sagten Sie sehr richtig: Wo wären wir ohne Geist
Und jene helle Flamme, die sich vom Geist her speist,
Samt anverlobten Herzen, die nach Regionen streben,
Sich von den trüben Sinnen hinauf zur Fülle heben –
Doch diese Art von Liebe ist mir zu dünn, zu nichtig,
Ich bin brutal und plump – Sie sagten es sehr richtig,
Ich liebe als ein ganzer und will, wenn man mich liebt,
Daß man mir – ich gesteh' es – den ganzen Menschen gibt.
Das scheint mir auch kein Anlaß, mich an die Brust zu schlagen,
Fern liegt es mir, die Gaben der Seele anzuklagen,
Doch folgt man allenthalben der anderen Methode,
Der Ehestand ist derzeit noch immer große Mode,
Er scheint mir als Verbindung der höchsten Ehren wert
Und angenehm, drum hab' ich ja Ihre Hand begehrt,

Ich wollte gern Ihr Mann sein, jawohl, ich war so frei,
Das scheint mir doch kein Grund für Zorn und Raserei.

ARMANDE

Nun denn, mein Herr, nun denn – Sie spotten der Belehrung,
Beharren auf Ihren Wünschen und fordern brüsk
[Gewährung;
Sie können sich in Liebe und Treue nur verpflichten,
Indem Sie auf den Einklang der Sinne nicht verzichten ...
Falls meine Mutter zustimmt, will ich mich überwinden
Und mich, wie Sie es wünschen, mit Ihnen fest verbinden.

CLITANDRE

Zu spät! Mit einer anderen ist schon der Bund geschlossen,
D a s wär' der wahre Treubruch, sie nun von mir zu stoßen,
Die Güte zu enttäuschen, der Zuflucht zu entsagen,
Wo ich die Wunden heile, die mir Ihr Stolz geschlagen.

PHILAMINTE

Sie denken wohl nicht ernsthaft, ich könnte je gestatten,
Was Sie da anzudeuten, mein Herr, die Stirne hatten?
In Ihren kühnen Träumen scheint Ihnen nicht bekannt:
Ich habe andere Pläne mit Henriettes Hand!

CLITANDRE

Verehrte Dame, bitte, ein klarer Blick genügt,
Dann wird mir solches Unrecht bestimmt nicht zugefügt;
Entheben Sie mich gütigst der unsagbaren Pein,
Noch länger der Rivale Herrn Trissotins zu sein.
Ihr Sinn für alles Große, der meinen Stand erschwert,
Wählt diesen Widersacher, so klein, so hassenswert?
Ich weiß, es gibt so manche, die der verderbte Geist
Der Gegenwart zu Unrecht als große Männer preist,
Und dennoch müßte jeder, der Augen hat, bemerken,
Wie es mit Trissotin steht, mit ihm und seinen Werken.
Der Mensch wird da und dort – und nur nicht hier! –
[durchschaut,
Ein Faktum, das mich peinigt, vor dem mir wahrhaft graut:
Ich seh' Sie vor Bewunderung für Texte fast zerfließen,
Die Sie als eigne Werke nie aus den Händen ließen.

PHILAMINTE

So können wir einander im Leben nie verstehen,
Weil wir mit unseren Augen und Sie mit Ihren sehen.

Dritte Szene

Trissotin, Armande, Philaminte, Clitandre

TRISSOTIN

Ich bringe frohe Kunde – ich hab' sie just vernommen:
Wir sind des Nachts im Schlaf zum Glück davongekommen,
Ein Himmelskörper raste auf seiner Umlaufbahn
An uns ganz knapp vorbei, gerade nebenan;
Wär' er auf uns gestoßen zu unserem Verderben,
Dann läge unsere Erde jetzt längst in tausend Scherben.

PHILAMINTE

Wir wollen die Gespräche von solcher Art vertagen,
Dieweil sie unserem Gast nicht das geringste sagen;
Er hat sich leidenschaftlich der Unbildung verschworen,
Ist für die Wissenschaft und für den Geist verloren.

CLITANDRE

Ich darf wohl diesen Bannspruch ein ganz klein wenig mildern
Und Ihnen die Motive für meine Haltung schildern.
Das Wissen widerstrebt mir dort, wo es Übles tut,
An sich betrachtet, ist es natürlich schön und gut,
Doch zöge ich es vor, ein Ignorant zu bleiben,
Statt wissend das zu tun, was manche Leute treiben.

TRISSOTIN

Ich meinerseits behaupte: in sämtlichen Bezirken
Kann Wissenschaft, kann Kunst nie schlecht und schädlich [wirken.

CLITANDRE

Ich wiederum, ich sah Gelehrte schon als Paten
Bei vielen dummen Reden und vielen dummen Taten.

TRISSOTIN

Das nenn' ich paradox!

CLITANDRE

Wenn ich auch nicht gewandt bin,
Mein' ich, daß ich gewiß das zu erklären imstand' bin,
Und mangeln auch die Gründe, die These zu erhellen,
Gern dien' ich mit Exempeln, mit trefflichen Modellen.

TRISSOTIN

Sie können sie zwar nennen, doch die Beweiskraft fehlt.

CLITANDRE

Man muß ja gar nicht weit gehen, wenn man ein Beispiel wählt.

TRISSOTIN

Ich meinerseits seh' keines der trefflichen Modelle.

CLITANDRE

Ich wiederum ganz nah, ja förmlich auf der Stelle.

TRISSOTIN

Die Ignoranz, so schien mir, sie liefert alle Paten,
Und nicht die Wissenschaft, für alle dummen Taten.

CLITANDRE

Ein dummer Wissenschaftler, das hab' ich längst erkannt,
Ist dümmer als sogar der dümmste Ignorant.

TRISSOTIN

Da ruft die Logik: Halt! Nur nicht so ungestüm!
Denn »Ignorant« und »dumm«, die sind doch synonym.

CLITANDRE

Nun gut, wenn Sie den Sinn der Worte so hoch werten,
Dann schlag' ich nur die Brücke vom Dummkopf zum Gelehrten.

TRISSOTIN

Beim ersten ist die Dummheit das Wesen der Figur.

CLITANDRE

Beim anderen ist die Dummheit ein Zusatz zur Natur.

TRISSOTIN

Das Wissen ist an sich ein wundervoller Schatz.

CLITANDRE

Das Wissen eines Hohlkopfs ist durchaus fehl am Platz.

TRISSOTIN

Die Ignoranz ist wohl von großem Reiz für Sie,
Sonst dienten Sie ihr nicht mit solcher Energie.

CLITANDRE

Wenn sie für mich von Reiz ist, hängt das damit [zusammen,
Daß mir gewisse Denker vor meine Augen kamen.

TRISSOTIN

Gewisse Denker wird man zumindest so hoch schätzen
Wie die gewissen Leute, die sich in Szene setzen.

CLITANDRE

Doch wer sind die gewissen? Da stehen wir vor Problemen,
Die die gewissen Kreise gewiß nicht wichtig nehmen.

PHILAMINTE *zu Clitandre*

Mein Herr, es will mir scheinen . . .

CLITANDRE

Nein, keinen zweiten Degen,
Auch ohne Sekundanten ist er mir überlegen,
Schon diesem einen Gegner und seinen Kampfmethoden
Fühl' ich mich nicht gewachsen, und er gewinnt an Boden.

ARMANDE

Die anmaßende Schärfe, mit welcher Sie es wagen . . .

CLITANDRE

Ein zweiter Sekundant? Ich gebe mich geschlagen.

PHILAMINTE

Dergleichen Wortgefechte sind ja nicht ungewöhnlich,
Vorausgesetzt, man trifft den Gegner nicht persönlich.

CLITANDRE

Den treffen? Weit gefehlt! Darauf ist nicht zu hoffen,
Er wurde mehr als jeder in unserem Land getroffen,
Schießt man von allen Seiten mit sämtlichen Geschützen,
Scheint das in seinen Augen nur seinem Ruf zu nützen.

TRISSOTIN

Die These dieses Herrn in unserem Duell
Kommt nicht von ungefähr, ist nicht originell,
Er ist dem Hof verbunden, das sagt genug, denn dort
Mißachtet man bekanntlich den Geist und auch das Wort,
Man sieht die Ignoranz mit großer Sympathie,
Und er als echter Höfling nimmt drum Partei für sie.

CLITANDRE

Ach ja, der arme Hof, ich muß ihn sehr bedauern,
Ihr seid ihm nicht gewogen, er merkt mit bitterem Trauern
Den Hang der Herren Gelehrten, ihn für die meisten Sachen,
Die ihnen nicht genehm sind, verantwortlich zu machen.
Wenn euch ein Werk mißlingt, ist an der Katastrophe
Nicht das Mißlingen schuld, nein, der Geschmack bei Hofe.
Deshalb, Herr Trissotin, darf ich es höflichst wagen,
Mit schuldigem Respekt die Bitte vorzutragen,
Den Hof betreffend: Sie samt Ihren Herren Kollegen,
Seid, wenn schon nicht dafür, doch nicht so laut dagegen!
Im Grund genommen ist man dort nämlich nicht so dumm,
Wie ihr's euch in den Kopf setzt; das tragt nur ihr herum,
Man ist bei Hof verständig, beurteilt vieles recht,
Und der Geschmack bei Hof ist gar nicht immer schlecht,
Es liegt mir fern, zu schmeicheln, jedoch der Geist der Kenner
Im Schloß beschämt gewisse gelehrte Dunkelmänner.

TRISSOTIN

Wir sehen ja den Effekt, wenn dieser Geist floriert!

CLITANDRE

Wo haben Sie entdeckt, daß dieser Geist sich irrt?

TRISSOTIN

Ich sehe zwei Gelehrte mit nimmermüdem Streben
Das Ansehen unserer Heimat in stolze Höhen heben,
Doch Rasius und Baldus versagten im Beginnen,
Die Augen und den Lohn des Hofes zu gewinnen.

CLITANDRE

Ich achte den Verdruß – auch die Bescheidenheit:
Sie nennen keinen dritten, sie lassen sie zu zweit . . .
Ich will dem Beispiel folgen. – Nun, können Sie mir melden,
Was sie für Frankreich tun, die beiden Geisteshelden?
Wird denn durch ihre Schriften dem Hof ein Dienst geleistet,
Daß man von großem Unrecht zu sprechen sich erdreistet,
Sich überall beklagt, weil um die zwei Heroen
Nicht längst mit hellen Flammen des Hofes Gnaden lohen?
Ihr Wissen ist für uns gewiß nicht unersetzlich . . .

Gäb's ihre Bücher nicht, wär' das denn so entsetzlich?
Die Jämmerlinge meinen: man hat sie nun in Kalb
Gebunden, sie gedruckt, und das genügt, deshalb
Sind sie bereits im Staat hochwichtige Personen;
Sie rütteln mit der Feder an stolzen Königsthronen,
Beim kleinsten Ton, mit dem sie unser Ohr nicht schonen,
Muß man geflogen kommen mit Renten und Pensionen,
Ihr strahlend stolzer Name wird jubelnd anerkannt,
Das ganze Universum fixiert sie wie gebannt,
Im Reich der Wissenschaften winkt ihnen Ruhm und Preis,
Nur weil sie Dinge sagen, die alle Welt schon weiß,
Jahrzehntelang die Augen und Ohren offenhielten,
In Tausenden von Nächten die Hirne eifrig füllten
Mit unverdauten Brocken von Griechisch und Latein,
Sie scheffeln Staub und Moder in ihren Geist hinein,
Um mit dem alten Zeug von anno Schnee zu prunken,
In ihrem Wissensdurst und Bildungsrausch wie trunken,
So ärgerlich, so quälend durch die Geschwätzigkeit,
So weltfremd, unverständig, voll Unvernünftigkeit,
In lächerlichem Dünkel die ganze Welt belehrend,
Die echte Wissenschaft, den wahren Geist entehrend.

PHILAMINTE

Mein Herr, Sie sind recht hitzig, woraus man leicht ermißt,
Wie Ihr Charakter und Ihr Kern beschaffen ist;
Der Rang des Nebenbuhlers bewirkt, daß offenbar ...

Vierte Szene

Julien, Trissotin, Philaminte, Clitandre, Armande

JULIEN

Mein hochgelehrter Herr, der jüngst bei Ihnen war,
Er gab mir, der sein Diener zu sein die Ehre hat,
Hier diesen Brief, den er mich hierher zu bringen bat.

PHILAMINTE

Was dieser Brief enthalte, und wär's auch noch so wichtig,

Vernehme Er, mein Freund, es ist durchaus nicht richtig,
Sich ohne weiteres störend zu zeigen hier im Saale,
Man spricht nicht mit der Herrschaft, nur mit dem
[Personale,
Das sind des wahren Dieners vorbildliche Manieren.

JULIEN

Ich danke allerherzlichst, ich will es mir notieren.

PHILAMINTE *liest*

Gnädige Frau! Trissotin rühmt sich, daß er Ihre Tochter heiraten werde. Ich teile Ihnen mit, daß seine Philosophie nur nach Ihren Reichtümern strebt, daß Sie also gut dran täten, der Heirat nicht zuzustimmen, bis Sie das Gedicht gelesen, so ich gegen ihn zu verfassen im Begriff bin. Ehe ich Ihnen dieses Konterfei zu Füßen lege, darin ich ihn in allen seinen Farben darzustellen unternehme, sende ich Ihnen einige Bände von Horaz, Vergil, Catull und Terenz, worin alle jene Stellen bezeichnet sind, welche er sich angeeignet hat.

Nun ja, von allen Seiten negiert man, wie ich sehe,
Die Vorteile der längst von mir geplanten Ehe;
Das scheinen mir Symptome, die für ein Mittel sprechen,
Um weiteren Attacken die Spitze abzubrechen.
Ich will den Neidern zeigen, daß sie, statt mich zu schrecken,
Das Gegenteil bewirken von dem, was sie bezwecken.
zu Julien
Trag Er dies auf der Stelle zurück zu Seinem Herrn,
Bestell Er ihm, ich folge dem Ratschlag insofern,
Als ich mich sehr bedanke und ihm Beachtung schenke
Und alle meine Pläne in seinem Sinne lenke:
auf Trissotin weisend
Mein Kind wird heute abend mit diesem Herrn getraut.
zu Clitandre
Sie – gern gesehener Gast im Haus der jungen Braut –
Sind bei der Unterzeichnung gewiß auch gern dabei,
Und wünschen Sie zu kommen, so steht es Ihnen frei;
Ich bitte dich, Armande, schick gleich nach dem Notar
Und mache deiner Schwester den Stand der Dinge klar.

ARMANDE

Die Nachricht an die Schwester kann ich mir wohl ersparen.
Vom gern gesehenen Gast wird sie es bald erfahren.
Er wird zu ihr hin eilen und sie in Kenntnis setzen
Und gegen dein Projekt und gegen dich nur hetzen.

PHILAMINTE

Wir werden es ja sehen, wie weit es andere bringen,
Und ob es mir gelingt, Gehorsam zu erzwingen. *Sie geht.*

ARMANDE

Es tut mir wirklich leid, mein Herr, es dauert mich:
Die Lage ist für Sie nicht eben förderlich.

CLITANDRE

Ich will mit allen Kräften mein Streben nun erneuen,
Um dieses Ihr Bedauern in Kürze zu zerstreuen.

ARMANDE

Ich fürchte, Ihr Bestreben wird nicht erfolgreich sein.

CLITANDRE

Ich hoffe sehr, ich kann Sie von dieser Furcht befrei'n.

ARMANDE

Das hoff' ich auch.

CLITANDRE

Gewiß, ich zweifle nicht daran,
Daß man auf Ihre Hoffnung ganz sicher rechnen kann.

ARMANDE

Ja, bitte, rechnen Sie mit mir bei Ihrem Plan.

CLITANDRE

Und nehmen Sie dafür all meine Wünsche an.

Fünfte Szene

Chrysale, Ariste, Henriette, Clitandre

CLITANDRE

Wenn Sie mich nun nicht retten, mein Herr, bin ich verloren,
Nicht mich hat Ihre Gattin als Schwiegersohn erkoren,
Sie hat Herrn Trissotin die Heirat zugesagt.

CHRYSALE

Von welchem Hirngespinst wird dieses Weib geplagt?
Zum Henker noch einmal, was fällt ihr denn da ein?

ARISTE

Nichts ist er, nichts, jedoch das ist er auf Latein.
Drum reicht in diesem Haus kein Mensch an ihn heran.

CLITANDRE

Für heute – heute abend – setzt sie die Hochzeit an.

CHRYSALE

Schon heute?

CLITANDRE

Heute.

CHRYSALE

Heute geb' ich euch meinen Segen,
Ihr sollt die Hände heute froh ineinander legen.

CLITANDRE

Sie rief für den Kontrakt schon den Notar hierher.

CHRYSALE

... dem ich den Text zuvor in meinem Sinn erklär'.

CLITANDRE *auf Henriette weisend*

Ihr wird von Ihrer Schwester die Nachricht überbracht,
Daß mütterliche Willkür ihr Glück zunichte macht.

CHRYSALE

Und ich befehle ihr mit väterlicher Strenge,
Daß sie ihr Herz an diesen und nicht an jenen hänge.
Denn ich führ' das Kommando – wer trotzt, der hüte sich –
Der Herr in diesem Haus ist niemand sonst als ich.
zu Henriette
Ich komme gleich zurück, in aller Kürze schon.
Folg mir, mein lieber Bruder, und du, mein Schwiegersohn.

HENRIETTE *zu Ariste*

Er sollte diese Laune noch lange Zeit bewahren.

ARISTE

Ich fördere deine Sache, will keine Mühe sparen.

CLITANDRE *mit Henriette allein geblieben*

Was immer uns auch andere an Unterstützung leih'n,
Die allergrößte Hoffnung wird Ihre Liebe sein.

HENRIETTE

Mein Herz kennt keinen anderen, es ist Ihnen gewiß.

CLITANDRE

Es soll mich nie verlassen, wie ich es nie verließ.

HENRIETTE

Die schlimmste aller Fesseln droht mir der Zwang nun an.

CLITANDRE

Ich bleibe guten Mutes, solang' ich hoffen kann.

HENRIETTE

Das Äußerste versuch' ich im Dienst an unserem Glück,
Doch: kämpfe ich vergebens und gibt es kein Zurück,
Such' ich im Kloster Zuflucht, will dort der Welt abschwören
Und, da ich Sie verlor, nie einem Mann gehören.

CLITANDRE

Bewahre uns der Himmel – dann will ich ihn lobpreisen –
Daß Sie mir Ihre Liebe auf solche Art beweisen.

Fünfter Akt

Erste Szene

Henriette, Trissotin

HENRIETTE
Die Absicht meiner Mutter und was seither geschah
Legt mir die Unterredung, mein Herr, mit Ihnen nah.
Der Wirrwarr hier im Haus gibt mir die Möglichkeit,
Nun rückhaltlos zu reden, in aller Offenheit.
Ich weiß: für Sie bedeutet der Schritt zum Ehestand
Ein stattliches Vermögen und nicht nur meine Hand;
Jedoch: das Geld lockt nur die Kleinen und Gemeinen,
Dem wahren Philosophen muß es ja nichtig scheinen.
Verachtung äußerer Güter und materieller Werte
Wird man auch selbst beweisen, wenn man sie täglich lehrte.

TRISSOTIN
Nein, nein, das ist es nicht, worauf mein Wunsch sich gründet;
Ihr Reiz, Ihr holder Blick hat mir das Herz entzündet,
Die Grazie, die Anmut, das sind die wahren Gaben,
Die meine heißen Wünsche an Sie gebunden haben;
Nur diesen Schätzen will ich all meine Liebe weih'n.

HENRIETTE
Ich bin Ihnen sehr dankbar, das ehrt mich ungemein;
Die rückhaltlose Liebe beschämt mich um so mehr,
Als ich sie leider nicht erwidern kann, mein Herr.
Und wüßten Sie sich auch geschätzt und hochgeehrt,
Der Schritt von da zur Liebe, der Schritt ist mir verwehrt.
Ein Herz, das wissen Sie, kann nicht zwei Herren dienen,
Und meinem ist Clitandre schon längst als Herr erschienen,
Ich weiß, er ist nicht halb so hochverdient wie Sie,
Mein Hang für ihn ist Schwäche, er hat im Leben nie
Die Fülle großer Gaben, die deutlich für Sie spricht,
Ich weiß, ich bin im Unrecht; doch ändern kann ich's nicht . . .

Mit all meiner Vernunft fang' ich nichts weiter an
Als: ehrlich zu bedauern, daß ich's nicht ändern kann.

TRISSOTIN

So fällt mir, wenn die Heirat Sie nun mit mir vereint,
Ein Herz zu, dem Clitandre noch Herr und Meister scheint,
Doch weih' ich all mein Streben der höchsten Kunst auf Erden:
Zu dienen, zu verehren, um einst geliebt zu werden.

HENRIETTE

Sie würden all Ihr Streben und Ihre Kunst verschwenden,
Nie kann sich meine Seele von seiner Seele wenden.
Wenn ich das Ihnen offen und freimütig erkläre,
Ist nichts damit gesagt, was für Sie kränkend wäre;
Die Glut der wahren Liebe, die unser Herz entzündet,
Ist niemals durch den Rang und das Verdienst begründet,
Sie trifft die Wahl so blind, so unberechenbar,
Daß keiner es noch faßte, dem es geschehen war . . .
Könnt' ich mich frei entscheiden und hätt' ich noch die Wahl,
Dann würden Sie, mein Herr, vermutlich mein Gemahl,
Doch jenseits aller Absicht zieht uns die Liebe hin,
Drum lassen Sie mich, bitte, so blind sein, wie ich bin,
Anstatt mich mit Gewalt zur Fügsamkeit zu zwingen,
Mir gegen meinen Willen Gehorsam abzuringen.
Die ehrenwerten Männer verschmähen es doch, zu nehmen,
Was sie der Macht verdanken, sonst keineswegs bekämen,
Man will ein Herz gewinnen, das sich in Freiheit gibt,
Und lehnt ein Opfer ab, gerade wenn man liebt.
Verwehren Sie meiner Mutter, roh auf ihr Recht zu pochen,
Um mich und meine Wünsche brutal zu unterjochen,
Verzichten Sie auf mich, Sie finden anderwärts
Gewiß ein liebevolles und treu ergebenes Herz.

TRISSOTIN

Und sucht' ich selbst, ich weiß nicht, wie ich es finden soll.
Wer schreibt der Liebe vor, wo sie sich binden soll?!
Wie wäre ich imstande, der Sehnsucht abzuschwören,
Solange Ihre Reize mich rettungslos betören,
Mich übermächtig locken zu himmlischen Ekstasen . . .

HENRIETTE

Ach, lassen Sie doch, bitte, die dichterischen Phrasen.
Sie haben ja Lais, Philis und andere Damen,
Die oft in Ihren Versen so hold zur Geltung kamen,
Voll Leidenschaft besungen im zärtlichen Gedicht . . .

TRISSOTIN

Das ist mein Geist, der spricht. Mein Herz kennt jene nicht.
Die anderen alle lieb' ich nur im Poetenkleid,
Die schöne Henriette hier in der Wirklichkeit.

HENRIETTE

Ich bitte Sie, mein Herr . . .

TRISSOTIN

Und wenn es Sie verletzt,
So mag es Sie verletzen. Mein Los erfüllt sich jetzt.
Verborgen glühte bisher das Feuer meiner Liebe,
Nun weiht es dir auf ewig die nimmermüden Triebe,
Nichts kann sie schwinden machen, die Zeit wird sie nur steigern,
Und solltest du dich, Schönste, dem heißen Wunsch verweigern,
Dann will ich deine Mutter und ihr Gebot nicht tadeln,
Sie will ja mein Begehren durch die Erfüllung adeln,
Mir winkt erlesenes Glück und süße Harmonie,
Sofern ich dich erringe, will ich nicht fragen, wie.

HENRIETTE

Wenn einer sich gewaltsam ein Herz zu eigen macht,
Riskiert er viel – Sie haben das wohl nicht recht bedacht;
Sich eine Frau zu nehmen – verzeihen Sie, ich bin ehrlich –
Die einen anderen wollte, erschiene mir gefährlich;
Der Zwang, dem man sie aussetzt, kann sie die Rachsucht lehren,
Kann in ihr fürchterliche geheime Wünsche nähren.

TRISSOTIN

Gefahren solcher Art bereiten mir nicht Pein,
Der Weise wird auf sie wohl vorbereitet sein,
Hoch steht er über eitlen und äußerlichen Schwächen,
Durch die Vernunft geheilt von kleinlichen Gebrechen.
Er fühlt sich frei von Angst, kennt kein Gefühl, das schlimm ist,
Wenn's in der Außenwelt und nicht tief drin in ihm ist.

HENRIETTE

Ich bin entzückt, mein Herr, ich dachte nämlich nie,
Daß man sich derart läutert durch die Philosophie;
Nun seh' ich: sie belehrt uns, den furchtbarsten Gewalten,
Den ärgsten Kümmernissen gelassen standzuhalten,
Und diese Seelenruhe, erhaben, hoch zu loben,
Verdient Gelegenheit, sich ruhmreich zu erproben,
Indem man sie behutsam und vorsichtig erweckt,
Bis sie sich frei entfaltet, daß jeder sie entdeckt;
Ich selbst, ich fühl' mich leider nicht ausdauernd genug
Als Anlaß zur Bewährung für ihren schönsten Zug,
Drum räume ich das Feld und sage nur ganz schlicht:
Das Vorrecht Ihre Gattin zu sein, begehr' ich nicht.

TRISSOTIN

Wir stellen den Stand der Dinge in aller Kürze klar,
Dort drin weilt ja vermutlich bereits der Herr Notar.

Zweite Szene

Chrysale, Clitandre, Martine, Henriette

CHRYSALE

Geliebte Henriette, die große Stunde naht,
Nun komm und sei gehorsam, beweise durch die Tat,
Daß man des Vaters Willen in allen Stücken ehrt,
So werde deine Mutter durch dich und mich belehrt;
Und um nun zu beweisen, wer hier Gesetze macht,
Hab' ich mit mir Martine zurück ins Haus gebracht.

HENRIETTE

Mein Vater, liebster Vater, die Rede tut mir gut,
Bewahre dir nur, bitte, recht lange diesen Mut,
Behalt dein Ziel vor Augen, sei standhaft und entschlossen,
Sonst spielt dein weiches Herz dir wieder einen Possen,
Sei kühn und unerschrocken, ein Held im schönsten Sinne,
Auf daß nicht meine Mutter die Oberhand gewinne.

CHRYSALE

Wie, sieht man mich denn hier für einen Schwächling an?

HENRIETTE

Nein, Gott bewahre mich!

CHRYSALE

Bin ich ein lahmer Mann?

HENRIETTE

Das hab' ich nicht gesagt!

CHRYSALE

Traut man mir etwa zu,
Daß ich Versprechen gebe und dann nichts weiter tu'?

HENRIETTE

Nein, Vater!

CHRYSALE

Bin ich denn zu alt, soll alles aus sein,
Ist meine Kraft dahin, kann ich nicht Herr im Haus sein?

HENRIETTE

Doch, Vater!

CHRYSALE

Hat mich denn bereits der Schlag gerührt,
Daß meine Gattin mich stets an der Nase führt?

HENRIETTE

Nein, bester Vater, nein!

CHRYSALE

Dann sag, was heißt denn das?
Treibst du am Ende gar mit deinem Vater Spaß?

HENRIETTE

Verzeih, ich wollte dich ja wirklich nicht verletzen.

CHRYSALE

Mein Wort ist Trumpf, ihm darf kein Mensch sich widersetzen.

HENRIETTE

Gewiß, mein Vater!

CHRYSALE

Ich, nur ich, ich ganz allein
Bestimme, was geschieht.

HENRIETTE

Jawohl, so soll es sein.

CHRYSALE

Ich bin der Kommandant, ich bin das Oberhaupt . . .

HENRIETTE

Ganz recht!

CHRYSALE

. . . dem man sein Kind nicht ohne weiters raubt.

HENRIETTE

So ist's.

CHRYSALE

Der Himmel gab dich ganz in meine Hand.

HENRIETTE

Wer sagt das Gegenteil?

CHRYSALE

Als Gatte anerkannt
Wird jener, den ich dir bestimme, und nicht sie,
Und der, den sie bestimmt, der wird's im Leben nie.

HENRIETTE

Ach, Vater, ja, du kommst nur meinem Wunsch entgegen,
Befiehl, ich folge gern, Gehorsam wird zum Segen.

CHRYSALE

Ob sie es wirklich wagt, sich mir so ganz und gar . . .

CLITANDRE

Da kommt sie eben her, mit ihr der Herr Notar.

CHRYSALE

Jetzt laß mich nicht im Stich!

MARTINE

Herrje, ich will schon passen,
Daß Sie nicht nachgeb'n tun, und Ihnen nicht verlassen.

Dritte Szene

Philaminte, Bélise, Armande, Trissotin, der Notar, Chrysale, Clitandre, Henriette, Martine

PHILAMINTE *zum Notar*

Ich würde gern den Text ein wenig korrigieren,
Um den Vertrag korrekt und schön zu stilisieren.

NOTAR

Nein, unser Stil ist gut, ist schön und ist exakt,
Ich ändere kein Wort in diesem Ehepakt.

BÉLISE

Oh, welche Barbarei, oh, welch ein Unverstand!
Dann wenigstens ein kleines gelehrtes Unterpfand:
Daß wir die Mitgift statt in Talern, Pfunden, Gulden,
Ihm in Denaren, Minen und in Talenten schulden,
Und dann die Daten auch als Iden und Kalenden.

NOTAR

Verehrte Frau, ich bitte, wir wollen das beenden ...
Ich würde ausgelacht von sämtlichen Kollegen.

PHILAMINTE

Barbar bleibt stets Barbar – er läßt sich nicht bewegen.
Nun, setzen Sie sich, bitte, hierher an diesen Tisch.
sie sieht Martine
Du unverschämtes Ding, daß ich dich hier erwisch'!
zu Chrysale
Du bringst mir das Geschöpf ins Haus, wie kannst du's [wagen?

CHRYSALE

Das will ich dir nachher in aller Ruhe sagen.
Zuerst wird Henriette, wenn's dir beliebt, getraut.

NOTAR

Wir schreiten zum Kontrakt. Wo ist das Fräulein Braut?

PHILAMINTE

Das Kind, das ich vermähle, ist meine Jüngste.

NOTAR

Ja.

CHRYSALE

Mein jüngstes Kind, Henriette, das heiratet, steht da.

NOTAR

Ja, ja. Der Bräutigam?

PHILAMINTE *auf Trissotin weisend*

Mit diesem Herren hier
Verbinde ich mein Kind.

CHRYSALE *auf Clitandre weisend*

Mein Kind bekommt von mir
Hier diesen Herrn zum Gatten als Ehegattin.

NOTAR

Wie?
Zwei Gatten, eine Gattin, das wäre Bigamie.

PHILAMINTE

Man schreibe: Trissotin, er wird mein Schwiegersohn.

CHRYSALE

Mein Schwiegersohn Clitandre. Na wird's? Man schreibe [schon!

NOTAR

Ich schreibe erst, sobald man hier ins reine kam.
Man einige sich, bitte, wer ist der Bräutigam?

PHILAMINTE

Sie folgen meinem Wort, die Wahl ist längst getroffen.

CHRYSALE

Gehorchen Sie sofort, die Frage ist nicht offen.

NOTAR

Gehorchen? Folgen? Gern. Doch wem von Ihnen beiden?

PHILAMINTE *zu Chrysale*

Du willst dich widersetzen und gegen mich entscheiden?

CHRYSALE

Ich duld' es nimmermehr, daß er mein Kind nur wählt,
Weil es in diesem Haus an Geld und Gut nicht fehlt.

PHILAMINTE

Wer denkt an Geld und Gut und materielle Gaben?
Ein wirklich großer Geist ist über Geld erhaben.

CHRYSALE

Mit einem Wort: Clitandre! Ihn hab' ich auserkoren.

PHILAMINTE

Herr Trissotin und Schluß! Der andere hat verloren,
Es bleibt bei meiner Wahl – wie oft soll ich's noch [sagen?

CHRYSALE

Wie kannst du in dem Ton mit mir zu reden wagen?

MARTINE

Das Weib red' auf dem Markt und in der Küche viel,
Doch wo der Mann befehlt, da ist sie mäuschenstill.

CHRYSALE

Sehr richtig!

MARTINE

Pfui auf sie, wenn sie als erste red';
Die Henne halt den Mund, bevor der Hahn nicht kräht.

CHRYSALE

Gewiß, gewiß!

MARTINE

Gewiß, wo ist denn hier der Mann?
Seit wann hat denn das Weib im Haus die Hosen an?

CHRYSALE

Das stimmt!

MARTINE

Hätt' ich ein' Mann, ich gib ihm allweil Ruh
Und sag' ihm: Lieber Schatz, der Herr im Haus bist du,
Und stell dich nicht so an als wie ein Harlekin,
Und wenn ich widersprich und bin voll Eigensinn
Und schrei' herum und bin nixnutz und schlechter Laun',
Dann macht er, was er muß, dann soll er mich verhau'n.

CHRYSALE

Genau so soll es sein!

MARTINE

Der Herr hat ja ganz recht,
Daß er für unser Fräulein den rechten Mann hab'n möcht.

CHRYSALE

Ja, ja.

MARTINE

Der Herr Clitandre ist doch so nett und lieb,
Was soll sie ihn nicht kriegen? Wär' sie mein Kind, ich gib
Ihr einen, den sie möcht', der ist für sie viel besser,
Sie will den jungen Herrn und keinen Herr Professer,
Was fangt sie an mit ihm, mit'm Dokter Trissotin,
Sie ist ja hier daheim, nicht im Quartier Latin.

CHRYSALE

Sehr wahr!

PHILAMINTE

Muß ich das dulden, geht das noch lang so fort?

MARTINE

Er soll in seine Schule und nimmer weg von dort;
Für einen Hausherrn, nein, ist so einer verkehrt,
Im Haus muß man nur brav sein und gut und nix gelehrt,
Was fangt man denn im Haushalt mit dem sein' Krimskrams an?
Ein Buch, das ist nur gut, wenn man draus kochen kann,
Und das muß auch nicht sein, und heirat' ich, herrje,
Dann brauchen wir kein Buch, ich bin sein ABC,
Und wer nicht lest und schreibt – die Herrin soll verzeih'n –
Wird besser für sein Weib als so ein Dokter sein.

PHILAMINTE

Wann hört das endlich auf? – Das freche Ding vergißt
Den schuldigen Respekt.

CHRYSALE

Sie sagt es, wie es ist.

PHILAMINTE

Und ich beende nun die nutzlose Debatte,
Es bleibt bei meinem Plan, punktum, er wird ihr Gatte,
Das ist mein letztes Wort: nur Trissotin, nur er!
Ich hab's gesagt, ich will's, man antworte nicht mehr!
Und sollte dir Clitandres Verzicht das Herz erweichen,
Dann kann ihm ja Armande die Hand fürs Leben reichen.

CHRYSALE

Das wäre eine Lösung – das ist vielleicht nicht schlecht –
Nun, seid ihr einverstanden – ist das euch beiden recht?

HENRIETTE

Mein Vater!

CLITANDRE

Oh, mein Herr!

BÉLISE

Es gäbe ein Projekt,
Das sicherlich bei ihm mehr Sympathie erweckt;

Doch wenn die Liebe auch in unseren Herzen spricht,
Dann bleibt sie himmlisch rein so wie das Sonnenlicht.
Sie läßt in ihr Bereich nur die Gedanken ein,
Die stoffliche Substanz muß ausgeschlossen sein.

Vierte Szene

Ariste, Chrysale, Philaminte, Bélise, Henriette, Armande, Trissotin, der Notar, Clitandre, Martine

ARISTE
Es tut mir bitter leid, die Feier hier zu stören,
Doch von dem Mißgeschick sollt ihr und müßt ihr hören,
Zwei Briefe hab' ich hier, sie bringen Neuigkeiten,
Die euch – Gott sei's geklagt – wohl viel Verdruß bereiten.
zu Philaminte
Von deinem Anwalt kam der eine Brief an mich.
zu Chrysale
Der andere für dich kommt aus Lyon.

PHILAMINTE
An dich?
Warum denn nicht an mich? Was hat er dir zu schreiben?

ARISTE
Lies nur, dann wird es dir nicht lang verborgen bleiben.

PHILAMINTE *liest*
Gnädige Frau, ich habe Ihren Herrn Schwager gebeten, Ihnen diesen Brief zu übergeben, der Ihnen kundtun soll, was ich Ihnen nicht zu sagen gewagt. Die bedeutende Sorglosigkeit, so Sie all Ihren Geschäften gegenüber an den Tag gelegt, hat dazu geführt, daß der mit Ihrer Sache betraute Schreiber mich nicht rechtzeitig verständigte, und so wurde ein Prozeß, der zu gewinnen gewesen, eben verloren.

CHRYSALE *zu Philaminte*
So hast du ihn verloren?

PHILAMINTE
Sei doch nicht so erregt,

Ich bleibe ganz gefaßt, mein Herz ist unbewegt.
Ein Geist, den Geld und Gut in Wallung bringt, ist kleiner,
Vulgärer, materieller und irdischer als meiner.
liest
Ihre Unbedachtsamkeit kostet Sie vierzigtausend Taler. Diese Summe nebst den Unkosten sind Sie sogleich am Sitz dieses Gerichts zu deponieren verurteilt.
»Verurteilt«? Unerhört! Daß sich der Kerl erfrecht –
Das sagt man von Verbrechern!

ARISTE

Jawohl, du hast ganz recht,
Wenn du in Wallung kommst und vor Empörung schreist,
Weil dieses Wort korrekt »Sie sind gebeten« heißt,
»Sogleich zu deponieren, am Sitz dieses Gerichts,
Die vierzigtausend Taler nebst Unkosten« – sonst nichts.

PHILAMINTE

Und was steht hier?

CHRYSALE *liest*

Mein Herr, die Freundschaft, so mich mit Ihrem Herrn Bruder verbindet, läßt mich an allen Angelegenheiten, so Sie beide betreffen, Anteil nehmen. Ich weiß, daß Sie Ihr Vermögen den Herren Argante und Damon anvertrauet, und muß Ihnen kundtun, daß diese alle beide am nämlichen Tage Bankrott gemacht.
Mein Hab und Gut verloren! Ich weiß nicht, was ich tue!

PHILAMINTE

Sei nicht so unbeherrscht! Bewahre deine Ruhe!
Dem echten Weisen ist kein Rückschlag fürchterlich,
Und was er auch verliert: er ruht gefaßt in sich.
zum Notar
Beenden wir die Sache –
zu den anderen

Gelassen, nicht erhitzt,
auf Trissotin weisend
Uns bleibt ja immer noch das Geld, das er besitzt.

TRISSOTIN

Verehrteste, ich denke, wir sollten es nun lassen.

Zuvielen hier im Haus will dieser Plan nicht passen –
Und unwillkommen sein, macht mir das Herz beklommen.

PHILAMINTE

Die Sinnesänderung ist reichlich schnell gekommen!
Sie folgt der Unglücksbotschaft bedenklich auf dem Fuß.

TRISSOTIN

Ich habe eingesehen, daß ich mich fügen muß,
Will mich dem Widerstreit der Meinungen entziehen,
Für immer dieses Herz, das mich verschmähte, fliehen.

PHILAMINTE

Nun seh' ich einen Zug, der Ihren Ruhm nicht steigert,
An ihn zu glauben, hab' ich mich bisher stets geweigert.

TRISSOTIN

Man möge an mir sehen, was immer man da wolle,
Und welchen Zug Sie meinen, das spielt mir keine Rolle,
Doch bin ich nicht der Mann, den man so gröblich schmäht,
An dem man sich, wie hier, erniedrigend vergeht:
Der faule Freundschaftsbund mit Ihnen ist zu Ende,
Und allen, die mich schimpfen, küß' ich zum Dank die [Hände.

Er geht

PHILAMINTE

Was für ein Krämergeist in ihm verborgen ruht,
Wie wenig philosophisch ist das, was er da tut!

CLITANDRE

Ich bin kein Philosoph, jedoch so gut ich kann –
Im Bösen wie im Guten – schließ' ich mich Ihnen an.
Drum sei, verehrte Dame, für jetzt und alle Zeit
Das, was ich bin und habe, nur Ihrem Dienst geweiht.

PHILAMINTE

Welch eine edle Geste, sie muß mich tief verbinden,
Nun mögen Sie Erfüllung all Ihrer Wünsche finden,
Und da für Henriette Ihr Herz in Liebe schlägt . . .

HENRIETTE

Nein, liebe Mutter, nein, ich hab' mir's überlegt
Und weise deinen Plan nun neuerlich zurück.

CLITANDRE
Ist's möglich? Widersetzen Sie sich dem höchsten Glück?
Da nun durch diese Wendung das heißersehnte Los ...

HENRIETTE
Ich weiß ja: Ihr Vermögen, Clitandre, ist nicht groß ...
So hoffnungsvoll ersehnt' ich der Ehe holdes Band,
Ich wünschte mir, daß Ihnen mein Herz und meine Hand
Zugleich auch jenen Wohlstand, der Ihrer wert ist, spendet,
Nun hat sich aber grausam das Glück von uns gewendet,
Ich liebe Sie so sehr, drum könnt' ich's nicht verwinden,
Durch unsere Bedrängnis Sie doppelt arm zu finden.

CLITANDRE
Was immer mir bestimmt sei, mit Ihnen will ich's tragen,
Und ohne Sie, was immer es sei, will ich nur klagen.

HENRIETTE
So spricht die junge Liebe, sieht Glück nur in der Treue;
Vermeiden wir die Qualen der späteren bittren Reue,
Nichts schädigt das Gefühl, das unsere Herzen eint,
So wie die Not des Alltags, die uns jetzt nichtig scheint.
Wir würden bald beginnen, einander anzuklagen,
Wenn uns in trüben Tagen die grauen Sorgen plagen.

ARISTE *zu Henriette*
Ist es kein anderer Grund als jener, den wir hören,
Der dich bestimmt, Clitandre für immer abzuschwören?

HENRIETTE
Nein, da ich sonst bei ihm bis an mein Ende bliebe,
Ich weise ihn zurück aus übergroßer Liebe.

ARISTE
Dann folge nur dem Trieb, der dich zu ihm hin rief,
Gefälscht ist nämlich dieser und ist auch jener Brief,
Es war nur eine List, zu der ich Zuflucht nahm,
Mit der ich eurer Liebe als Rettungsengel kam,
Die Schwägerin zu täuschen und durch die Katastrophen
Die Maske abzureißen von ihrem Philosophen.

CHRYSALE
Dem Himmel sei gedankt!

PHILAMINTE

Ich fühle mich erhoben:
Wie wird jetzt der betrogene Betrüger heulen und toben!
Und als gerechte Strafe für all den Lug und Trug
Wollen wir jetzt Hochzeit halten, sogleich, ohne Verzug!

CHRYSALE *zu Clitandre*

Ich wußte es schon längst: Ihr werdet noch ein Paar.

ARMANDE *zu Philaminte*

So bringst du diesen beiden mein Herz als Opfer dar?

PHILAMINTE

Nicht doch! Du bist kein Opfer, empfindest keine Qual!
Dir bleibt ja stets die Tröstung der Ethik und Moral.
So siehst du mild und freundlich auf dieses Hochzeitsfest.

BÉLISE

Doch Achtung vor der einen, die nie sein Herz verläßt!
Oft ist die schnelle Heirat nur ein Verzweiflungsschritt,
Ein Stachel bleibt, den trägt man bis an sein Ende mit.

CHRYSALE *zum Notar*

Nun vorwärts, Herr Notar, Sie schreiben den Kontrakt –
Mein Wille ist geschehen. Ich hab's ja gleich gesagt!

Molières Komödien in sieben Einzelbänden

herausgegeben und neu übertragen von Hans Weigel

Der Wirrkopf. Die lächerlichen Schwärmerinnen. Sganarell
Komödien I. detebe 20199

Die Schule der Frauen. Kritik der ›Schule der Frauen‹. Die Schule der Ehemänner
Komödien II. detebe 20200

Tartuffe. Der Betrogene. Vorspiel in Versailles
Komödien III. detebe 20201

Don Juan. Die Lästigen. Der Arzt wider Willen
Komödien IV. detebe 20202

Der Menschenfeind. Die erzwungene Heirat. Die gelehrten Frauen
Komödien V. detebe 20203

Der Geizige. Der Bürger als Edelmann. Der Herr aus der Provinz
Komödien VI. detebe 20204

Der Hypochonder. Die Gaunereien des Scappino
Komödien VII. Mit einer Chronologie und einem Nachwort des Herausgebers. detebe 20205

Als Ergänzungsband liegt vor:

Über Molière
Zeugnisse, über Molière auf der Bühne, über Molière in deutscher Übersetzung von Audiberti, Anouilh, Baudelaire, Börne, Brecht, Elisabeth Brock-Sulzer, Bulgakow, Cocteau, Flaubert, Friedell, Gide, Goethe, Georg Hensel, Hofmannsthal, Jean Paul, Louis Jouvet, Klabund, Lessing, Th. Mann, Proust, A. W. Schlegel, Schopenhauer, Jürgen v. Stakkelberg, Stanislawski, Voltaire, Hans Weigel u.a. Chronik und Bibliographie. detebe 20067

Dramen und Drehbücher im Diogenes Verlag

● Aristophanes

Lysistrate. Komödie. In der revidierten Übersetzung von Ludwig Seeger. Mit den Illustrationen von Aubrey Beardsley.
kunst-detebe 26028

● William Shakespeare

Dramatische Werke in 10 Bänden
In der Übersetzung von Schlegel/Tieck.
Als Vorlage diente die Edition von Hans Matter. Jeder Band mit einer editorischen Notiz des Herausgebers und Illustrationen von Heinrich Füßli aus der Ausgabe von 1805.
Romeo und Julia / Hamlet / Othello
detebe 20631
König Lear / Macbeth / Timon von Athen
detebe 10632
Julius Cäsar / Antonius und Cleopatra Coriolanus. detebe 20633
Verlorne Liebesmüh / Die Komödie der Irrungen / Die beiden Veroneser / Der Widerspenstigen Zähmung. detebe 20634
Ein Sommernachtstraum / Der Kaufmann von Venedig / Viel Lärm um nichts / Wie es euch gefällt / Die lustigen Weiber von Windsor. detebe 20635
Ende gut, alles gut / Was ihr wollt / Troilus und Cressida / Maß für Maß. detebe 20636
Cymbeline / Das Wintermärchen Der Sturm. detebe 20637
Heinrich der Sechste / Richard der Dritte
detebe 20638
Richard der Zweite / König Johann Heinrich der Vierte. detebe 20639
Heinrich der Fünfte / Heinrich der Achte Titus Andronicus. detebe 20640

● Molière

Komödien in 7 Bänden
in der Neuübersetzung von Hans Weigel.
Komödien I
Der Wirrkopf / Die lächerlichen Schwärmerinnen / Sganarell. detebe 20199
Komödien II
Die Schule der Frauen / Kritik der ›Schule der Frauen‹ / Die Schule der Ehemänner
detebe 20200
Komödien III
Tartuffe oder Der Betrüger / Der Betrogene oder George Dandin / Vorspiel in Versailles
detebe 20201
Komödien IV
Don Juan / Die Lästigen / Der Arzt wider Willen. detebe 20202
Komödien V
Der Menschenfeind / Die erzwungene Heirat Die gelehrten Frauen detebe 20203
Komödien VI
Der Geizige / Der Bürger als Edelmann Der Herr aus der Provinz. detebe 20204
Komödien VII
Der Hypochonder / Die Gaunereien des Scappino. Mit einer Chronologie und einem Nachwort des Herausgebers
detebe 20205

Als Ergänzungsband:
Über Molière
Zeugnisse von Voltaire bis Bert Brecht. Über Molière auf der Bühne und Molière in deutscher Übersetzung. Chronik und Bibliographie. Herausgegeben von Christian Strich, Rémy Charbon und Gerd Haffmans.
detebe 20067

● Anton Čechov

Dramatische Werke in 8 Bänden
in der Neuübersetzung und -edition von Peter Urban: jeder Band bringt den unzensierten, integralen, neu transkribierten Text und einen Anhang mit allen Lesarten und Textvarianten, mit Auszügen aus Čechovs Notizbüchern, Anmerkungen und einem editorischen Bericht.
Die Möwe. Komödie in vier Akten.
detebe 20091
Der Waldschrat. Komödie in vier Akten.
detebe 20084
Der Kirschgarten. Komödie in vier Akten.
detebe 20083
Onkel Vanja. Szenen aus dem Landleben in vier Akten. detebe 20093
Ivanov. Drama in vier Akten. detebe 20102
Drei Schwestern. Komödie in vier Akten.
detebe 20103
Platonov. Das ›Stück ohne Titel‹ in vier Akten und fünf Bildern. Erstmals vollständig deutsch. detebe 20104
Sämtliche Einakter. detebe 20801

● Sean O'Casey

Purpurstaub. Eine abwegige Komödie. Aus dem Englischen von Helmut Baierl und Georg Simmgen. detebe 20002

Dubliner Trilogie. Der Schatten eines Rebellen / Juno und der Pfau / Der Pflug und die Sterne. Aus dem Englischen von Maik Hamburger, Adolf Dresen, Volker Canaris und Dieter Hildebrandt. detebe 20034

In Vorbereitung:
Das Sean O'Casey Lesebuch
Eine Auswahl aus den Stücken, der Autobiographie und den Essays von Sean O'Casey. Herausgegeben von Urs Widmer. Mit einem Vorwort von Heinrich Böll und einem Nachwort von Klaus Völker

● Jean Renoir

Die Spielregel. Drehbuch mit Fotos. Deutsch von Angela von Hagen. detebe 20434
Die große Illusion. Drehbuch mit Fotos. Deutsch von Angela von Hagen. detebe 20435

● Federico Fellini

Werkausgabe der Drehbücher und Schriften. Herausgegeben von Christian Strich. Die Drehbuchbände enthalten zusätzlich das Treatment, Äußerungen Fellinis zum Film und zahlreiche Szenenfotos.
Roma. Aus dem Italienischen von Toni Kienlechner. Mit 50 Fotos. detebe 20062
La dolce vita. Deutsch von Bettina und Toni Kienlechner und Eva Rechel-Mertens. Mit 57 Fotos. detebe 20121
8½. Deutsch von Toni Kienlechner und Eva Rechel-Mertens. Mit 52 Fotos. detebe 20122
Julia und die Geister. Deutsch von Toni und Bettina Kienlechner und Margaret Carroux. Mit 66 Fotos. detebe 20123
Amarcord. Deutsch von Georg-Ferdinand von Hirschau, Eva Rechel-Mertens und Thomas Bodmer. Mit 62 Fotos. detebe 20124
Casanova. Deutsch von Inez De Florio-Hansen und Dieter Schwarz. Mit 54 Fotos. detebe 20287
La Strada. Mit einem eigens für diese deutsche Erstausgabe geschriebenen Vorwort von Fellini. Deutsch von Georg-Ferdinand von Hirschau, Thomas Bodmer und Dieter Schwarz. Mit 55 Fotos. detebe 20316
Die Nächte der Cabiria. Mit einem eigens für diese deutsche Erstausgabe geschriebenen Vorwort von Fellini. Deutsch von Olga Gloor und Dieter Schwarz. Mit 53 Fotos. detebe 20317
I Vitelloni. Deutsch von Georg-Ferdinand von Hirschau, Thomas Bodmer und Dieter Schwarz. Mit 56 Fotos. detebe 20318
Orchesterprobe. Deutsch von Trude Fein. Mit 50 Fotos. detebe 20319
Satyricon. Deutsch von Dieter Schwarz u.a. detebe 20767
Die Stadt der Frauen. Deutsch von Beatrice Schlag. detebe 20768

In Vorbereitung:
Lichter des Varietés – Der Weiße Scheich – Eine Agentur für Heiratsvermittlung – Il Bidone – Die Versuchung des Dottor Antonio – Toby Dammit – Die Clowns – Interviews

● Friedrich Dürrenmatt

Dramatische Werke in 17 Bänden
Es steht geschrieben / Der Blinde. Frühe Stücke. detebe 20831
Romulus der Große. Ungeschichtliche historische Komödie. Fassung 1980. detebe 20832
Die Ehe des Herrn Mississippi. Komödie und Drehbuch. Fassung 1980. detebe 20833
Ein Engel kommt nach Babylon. Fragmentarische Komödie. Fassung 1980. detebe 20834
Der Besuch der alten Dame. Tragische Komödie. Fassung 1980. detebe 20835
Frank der Fünfte. Komödie einer Privatbank. Fassung 1980. detebe 20836
Die Physiker. Komödie. Fassung 1980. detebe 20837
Herkules und der Stall des Augias / Der Prozeß um des Esels Schatten. Griechische Stükke. Fassung 1980. detebe 20838
Der Meteor / Dichterdämmerung. Nobelpreisträgerstücke. Fassung 1980. detebe 20839
Die Wiedertäufer. Komödie. Fassung 1980. detebe 20840
König Johann / Titus Andronicus. Shakespeare-Umarbeitungen. detebe 20841
Play Strindberg / Porträt eines Planeten. Übungsstücke für Schauspieler. detebe 20842
Urfaust / Woyzeck. Bearbeitungen. detebe 20843
Der Mitmacher. Ein Komplex. detebe 20844
Die Frist. Komödie. Fassung 1980. detebe 20845
Die Panne. Hörspiel und Komödie. detebe 20846
Nächtliches Gespräch mit einem verachteten Menschen / Stranitzky und der Nationalheld / Das Unternehmen der Wega. Hörspiele und Kabarett. detebe 20847

● Loriot

Dramatische Werke. Texte und Bilder aus sämtlichen Fernsehsendungen. Ein Diogenes Sonderband

● Woody Allen

Manhattan. Vollständiges Drehbuch mit 20 Szenenfotos. Deutsch von Hellmuth Karasek und Armgard Seegers. detebe 20821

Der Stadtneurotiker. Vollständiges Drehbuch mit 19 Szenenfotos. Deutsch von Eckhard Henscheid und Sieglinde Rahm. detebe 20822

Interiors. Vollständiges Drehbuch mit 16 Szenenfotos. Deutsch von Hellmuth Karasek und Armgard Seegers. detebe 20823

Stardust Memories. Vollständiges Drehbuch mit 32 Szenenfotos. Deutsch von Hellmuth Karasek und Armgard Seegers. detebe 20824

● Urs Widmer

Die lange Nacht der Detektive. Kriminalstück in drei Akten. Mit einem Vorwort des Autors. detebe 20117

Nepal. Stück in der Basler Umgangssprache. Mit der Frankfurter Fassung von Karlheinz Braun im Anhang. detebe 20432

Züst oder die Aufschneider. Ein Traumspiel. Hochdeutsche und schweizerdeutsche Fassung. detebe 20797

● Rolf Lyssy

Kassettenliebe. Drehbuch mit Fotos. detebe 20519

● Otto Jägersberg

Land. Ein Lehrstück für Bauern und Leute, die nichts über die Lage auf dem Land wissen. detebe 20551

Seniorenschweiz. Reportage unserer Zukunft. detebe 20553

Der industrialisierte Romantiker. Reportage einer Reportage über Planung, Bau und Einweihung eines Chemiewerks. detebe 20554